Emile GIGLEUX

La Tempête est passée

Roman posthume

PRIX : 2 FR. 50

PARIS (V^e)
ÉDITIONS DE " LA PENSÉE "
28, rue Berthollet, 28

MCMLII

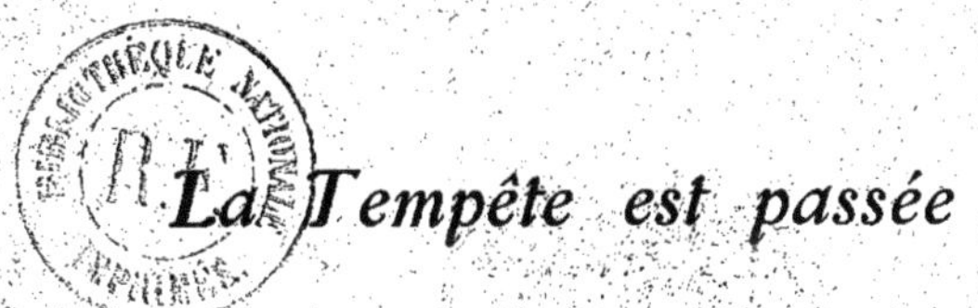# La Tempête est passée

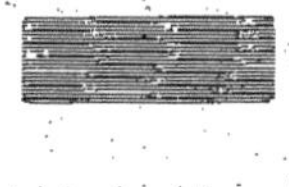

Émile GIGLEUX

La Tempête est passée

Roman posthume

PRIX : 2 FR. 50

PARIS (V⁰)

ÉDITIONS DE " LA PENSÉE "

28, rue Berthollet, 28

MCMIII

La Tempête est passée

I

Si le lecteur veut bien me le permettre, je désignerai par un nom de convention la localité où se déroulent les principaux épisodes de ce récit. Cette discrétion m'évitera de froisser des susceptibilités provinciales, de raviver des plaies mal cicatrisées, ou simplement de réveiller des passions mal endormies. Si vous y consentez, je l'appellerai Sainte-Angélie.

C'est une des plus pittoresques petites villes, mais aussi une des plus ignorées du beau pays de France, à la géographie si capricieusement variée. Dans un pays onduleux et suffisamment romantique, la jolie bourgade est plongée dans la léthargie séculaire de tant d'autres. Elle ne se galvanise un peu qu'aux jours de marché et les dimanches, aux heures de musique militaire. Dès lors, tout le monde se réveille, comme dans le château de la Belle au Bois Dormant.

Une pimpante garnison de cavalerie légère y tient le haut du pavé. L'azur des dolmans guêpés hante le rêve des héritières. Les étoiles du firmament sont moins précieuses à leurs yeux que les hypnotiques boutons des uniformes militaires.

Comme citadins, Sainte-Angélie s'honorait de quelques milliers d'êtres végétatifs et bornés, personnalités vagues, mais prétentieuses, falotes, laides, gauchement vêtues et d'une anatomie assez disgraciée. Leur existence, passive et malveillante, relevait un tantinet de celle du bœuf, de la ganache, de l'âne, du bélier, du renard, du putois, du rat, du jars, du dindon, du crocodile, du crabe, de l'araignée, de la ronce et du potiron. Ces éléments, en apparence disparates, s'orchestraient à merveille. Au demeurant, ces bonnes gens se routinaient et s'enlisaient dans l'ennui le plus morne, à cause du désœuvrement de leurs cerveaux. Dans ce pays Mme Bovary, la mélancolique héroïne de Flaubert, fût morte deux fois plutôt qu'une. Le spleen se distillait goutte à goutte dans l'âme des uns, et le fiel dans l'âme empoisonnée des autres. L'occupation la plus absorbante des indigènes consistait uniformément à se molester les uns les autres, à se découvrir des torts réciproques, à surveiller la fermentation de leurs propres rancunes. Des calomnies maléolentes s'exhalaient des orifices buccaux comme les miasmes d'un égout. La jalousie s'écoulait en bave vénéneuse le long des lippes. Une insidieuse dévotion remplissait agréablement le reste de leurs loisirs monotones.

En dehors des faubourgs, la nature, dédaigneusement jolie, souverainement indifférente, s'épanouissait dans son égoïsme superbe. Que lui importaient les Saint-Angéliens ? Si parfois quelque humble et sincère artiste s'égarait en ces parages, si le coup d'œil de cet inconnu embrassait l'harmonie délicate de ses fonds, elle se faisait coquette, fuyante, changeait de nuances et de tons, puis soudainement se laissait apprivoiser. Et le passant saisissait au vol les traits éternels de sa beauté.

C'est dans ce pays qu'un événement, en lui-même fort banal, vint jeter le trouble et l'émotion.

A cette époque, l'été verdoyait et poudroyait sous les effluves brûlants du soleil implacable. Un monsieur, venu de Paris, loua pour trois mois un petit pavillon, baptisé, non sans grâce, « Villa des Marjolaines ». Quant aux plantes de l'espèce si gracieusement nommée, c'étaient les seules qui fissent totalement défaut dans le jardin. Cette remarque faite sans ironie !

Le nouveau locataire était accompagné d'une dame. Ce fut la présence de celle-ci qui révolutionna toute la petite ville de Sainte-Angélie.

Ces frais débarqués avaient dû, sur des renseignements d'amis, se laisser séduire par d'enthousiastes descriptions. Rien n'égalait le charme et la fraîcheur de ce délicieux cottage, accolé jusqu'au toit par la vigne vierge, les rosiers grimpants et les lierres, bâti aux portes de la ville dans un souriant éden de fleurs et de verdure. D'un côté, la vue se reposait sur la vieille ville, encore toute moyenâgeuse. Les angles aigus des vieilles toitures d'ardoises, les pignons ouvragés et surtout la gothique église, avec l'orfèvrerie en pierre de son clocher, composaient un ensemble de pittoresques silhouettes. De l'autre côté du chalet se vallonnait la campagne, avec son amphithéâtre de collines douces, ses cordons de routes blanches, ses champs, ses prairies poussiéreuses, ses ruisseaux de moire, ses bouquets d'arbres chétifs et, dans le lointain profond, la déchiqueture étrange de ses bois.

Le jardin lui-même offrait les proportions d'un parc, avec une vieille terrasse florentine à balustres, construite devant une assez forte inclinaison du sol. Les mousses et les lichens en dévoraient le marbre. L'herbe poussait dans les allées. Grâce à un abandon qui datait de plusieurs années, des plantes de mille essences diverses s'embuissonnaient, s'enchevêtraient pêle-mêle au milieu d'un fouillis d'arbres qu'embrassaient les lianes. C'étaient des armées de tilleuls, de chênes, de frênes, de hêtres, de bouleaux, de platanes, de sycomores, de noyers, de pins, de thuyas, de saules et de peupliers géants.

Les nouveaux venus se proposaient de somnoler tout leur été dans ce décor si vert, si calme, si reposant, qui enchantait leurs yeux parisiens, habitués à la grisaille des pierres.

Un bel après-midi de dimanche, ces inconnus apparurent pour la première fois aux Saint-Angéliens, tout ébaubis.

Ils arrivaient sur la place publique

> Pour entendre un de ces concerts, riches de cuivre,
> Dont les soldats parfois inondent nôs jardins,
> Et qui, dans ces soirs d'or où l'on se sent revivre,
> Versent quelque héroïsme au cœur des citadins.

Les mânes de Baudelaire me pardonneront d'évoquer ces vers bien connus.

Vous semble-t-il évident que ce ne fut pas l'homme qui fixa le premier, du moins d'une façon particulière, l'attention générale ? Sa mise, d'une élégance sobre et discrète, appropriée à une villégiature élégamment rustique, ne raccrochait point le regard par quelque particularité criante. A l'examen, d'un premier coup d'œil, il ne paraissait ni laid ni beau, ni petit ni grand, ni vieux ni jeune, ni gras ni maigre. Il portait trente-quatre ans environ, et c'était à peu près son âge. Comme première impression, sa physionomie sévère présentait quelque chose de froid, de dur, de méchant, de volontaire. Il exhalait l'antipathie par tous les pores. Nous trouverons d'ailleurs maintes occasions de revenir sur sa personnalité.

Quant à la femme, elle ne pouvait *ni ne devait* passer inaperçue. Le « *daîmon* », c'est-à-dire le génie familier qui hantait autrefois certains artistes, le daîmon de Praxitèle avait dû présider, atome par atome, au développement plastique de son corps. Toute d'élégance, elle était de ces privilégiées dont le rare visage fait retourner les têtes, en laissant dans les âmes une ombre de tristesse, une nuance de regret, un germe d'amour. A son insu, elle semait sous ses pas cette indicible petite angoisse bien connue de certains passants d'une culture supérieure. N'est-ce pas la nostalgie de la beauté absolue qui reparaît dans un frisson légèrement famélique ? (Je connais des névrosés qui ressentent une constriction du côté de l'estomac, quand passent certaines figures trop jolies pour des yeux humains, c'est-à-dire pour des yeux habitués à toutes les laideurs.) Hélène Priamide, amante de Pâris, devait appartenir à cette catégorie de femmes, dites fatales. On en voit passer de telles, de temps en temps, dans les avenues des grandes capitales. Mais, le plus souvent, leur destinée demeure obscure et quelques années suffisent pour détruire la fraîcheur et par conséquent la pureté de leurs contours linéaires. Elles sont créatures de rêve et de roman plutôt que femmes de la vie réaliste contemporaine. A la même catégorie appartient également l'inconnue qui a inspiré à Julien d'Arvers son célèbre et mélancolique sonnet.

L'idéal vivant passe, sans qu'un rien, ne fût-ce qu'une parole, ait pu déflorer son énigmatique et maladroit prestige. Le mystère nous a effleurés de ses larges ailes. Des yeux ont semé des étincelles dans notre rêve, ces étincelles qu'un poète, parfois, jette à poignées à travers les ténèbres de l'éternité.

C'était la destinée de celle dont nous parlons, de laisser inconsciemment du songe dans son sillage, de faire naître dans les cœurs une aspiration nouvelle, de razzier sans y prendre garde l'amour tout le long de son chemin triomphal. Elle rayonnait de toute la jeunesse orgueilleuse de ses vingt-cinq ans, de toute la séduction charmante de ce bijou humain, composé de lignes délicates, pétri de fraîcheur et de grâce, marqué d'une grave élégance, animé d'une vie intense et saine. Je ne fatiguerai personne de sa description, de peur que le lecteur ne pense pas comme moi et de peur aussi que la banalité des mots publics n'en puisse rendre l'harmonie toute personnelle. Mais que nul, pour s'en faire une idée à sa convenance, ne lui prête le type féminin que préfère son goût. Qu'il ne lui suppose point l'image de l'aimée : trop de détails individuels différencient notre héroïne de toute autre créature d'exception également adorable. Qu'elle demeure le sphinx troublant qui rive les foules à son piédestal.

Mêlé à la hideuse assistance, le couple tournait à pas lents autour du kiosque, d'où s'échappaient rythmiquement des pétarades retentissantes, des tambourinements infernaux, des flonflons de cuivre, des tamtams de casseroles et de pincettes, des flûteries d'ocarina. Toute cette cacophonie, militairement commandée et administrée, claudiquait jusqu'à l'oreille des auditeurs, dont l'imagination fruste battait d'une aile pour s'élever jusqu'à l'épopée des chromos.

Assez indifférents à ce hourvari de sonorités boîteuses, les deux promeneurs échangeaient leurs réflexions par intervalles. Ils ne se donnaient point le bras et semblaient se témoigner réciproquement une certaine froideur. Parfois un sourire s'estompait discrètement sur leurs lèvres quand passaient les types grotesques de la province endimanchée, les hobereaux, les notabliaux, tous dignes, roides, solennels, empesés. Ils s'amusaient, toutefois sans sarcasmes, de leur pouacrerie patte-pelue.

Les chasseurs à cheval déambulaient par groupes, avec des dandinements lourds et disgracieux qui soulignaient chaque enjambée de leurs bottes pesantes. La clouterie de leurs semelles gaufrait le sol natal de leurs rudes empreintes. Chacun de leurs pas retentissait sur le sol comme un coup de maillet asséné gauchement. Leurs officiers, au contraire, coquets, corsetés dans leurs dolmans de tziganes, paradaient pour la galerie, avec un chic désinvolte d'écuyers du cirque.

La dame du notaire passa, précédée en éclaireur par un nez pointu, en compagnie de la dame du pharmacien et de la receveuse des postes. Elles rêvaient d'adultère et causaient de chasubles.

Des théories de jeunes filles façonnières, aux épaules absentes, caquetaient en minaudant. Leurs simagrées trahissaient une sorte de contrainte dans les gestes et les attitudes. Sous leur peau rèche et terne semblait circuler du verjus. Par moment, le naturel reprenait le dessus : dès lors quelque chose de vif et de joli animait leur gesticulation. De ci de là, une frimousse éveillée, un frais minois. Mais la plupart s'obstinaient à poser pour la galerie, épiant l'attention publique du coin de l'œil et sollicitant sous le masque de leur dignité, l'aumône des regards.

En règle générale, à Sainte-Angélie, les femmes affligeaient par leur laideur morose. L'art corrigeait à faux la disgrâce de la nature. Au demeurant, prétentieuses, bégueules, bigotes, envieuses, médisantes, méchantes, dindes, sournoises et hypocrites. Comme masque, une dignité de façade confite dans du vinaigre.

Ces dames se montrèrent intéressées, mais choquées par la présence de l'étrangère, accapareuse de l'attention masculine. Et, comme sa robe effluait des parfums discrets, étranges, inquiétants, on criait haro à l'aventurière présumée, à la cocotte supposée, à la femme entretenue vraisemblablement. Une honnête ménagère ne pouvait point porter sur ses épaules pareil visage. Trop de charme attire trop de tentations et conduit *fatalement* au vice. Trop de joliesse équivaut à une indécence. Une physionomie trop belle peut se comparer à un costume trop voyant. L'expression de ces yeux, couleur de violettes, évoquait si nettement des tableaux d'alcôve qu'un arrêté municipal, au dire de quelque plaisant, eût dû les obliger à se couvrir d'une voilette, par respect pour les Saint-Angéliens. La réalité même ne présentait rien de pire que cette évocation lue dans un cerne ou dans un amoureux reflet. Et cette coiffure, finement ondulée, qui n'appartenait à aucune mode, cette combinaison de grec antique, de moyen âge et de byzantin ? Céla fleuronnait-il le front d'une femme de bonnes mœurs ? La teinture, habilement administrée, n'éclatait-elle pas sur cette orgueilleuse chevelure ? La nature ne produisait jamais cet acajou sombre, strié de fauve, tout brillant de filaments dorés d'une finesse inouïe. Cette harmonie de nuances ne rappelait point le blond vénitien, l'auburn anglais, le roux normand, le châtain des faubourgs de Paris. Appelons-la l'indéfinissable, l'indéterminé. C'est la teinte unique dégradée en reflets lumineux qui fuit toute classification... Quant à la denture, ces grains de riz, ces irisations de nacre et de perles se dénommaient, en langage clair, un râtelier. Les Américains méritent la réputation de grands artistes, dentairement parlant.

Je résume, à ma façon, la déploration étonnée qui moussait sur les lèvres envenimées des femmes.

La promeneuse lisait l'hostilité dans les regards curieux, mais torves, de ses rivales. Son compagnon souriait à demi en la regardant et ses traits durs se fondaient dans ce sourire contenu. Malgré sa froideur il paraissait visiblement fier de sa maîtresse, autant que dédaigneux du public.

Quelqu'un l'entendit dire :

— Ma chère Rosemonde...

Ce nom, chuchoté par mille bouches, répété par malveillance, fit en un clin d'œil le tour de la foule.

— Ça s'appelle Rosemonde... Ce n'est pas un nom de bonne chrétienne... Voyez là quelque nom de guerre, quelque pseudonyme de théâtre ou de demi-mondaine... ça sent le roman... je ne voudrais pas m'appeler ainsi... c'est trop prétentieux... c'est de l'exportation de Paris... Vous voyez devant vous un bibelot d'étagère... un ruban pour dessus de fauteuil... une tapisserie de salon... un panneau de garçonnière... Ils sont acoquinés ensemble... regardez-moi cette chemisette de faille blanche et cette robe bleu paon...

Le lieutenant de Guérannes de Saint-Oler croisait la Parisienne pour la dixième fois, en pinçant nerveusement sa moustache conquérante et dorée, d'un geste classique dans l'armée. Ce tic lui seyait à ravir. Son monocle s'ajustait sur son œil droit sans que le muscle intersourcilier fît de contraction grimaçante. Aucune femme ne résistait à ce noble galantin aux yeux d'émerillon, si bien corseté dans son dolman d'azur, si fringant, si hautain, si dédaigneusement aimable, si spirituellement gouailleur. Nul ne s'entendait mieux que lui à conduire un cotillon, avec une morgue froide, autoritaire et élégante. Dans le royaume des Dons Juans, il se sentait roi. Ses nombreux loisirs se passaient à galantiser

— Voilà une bayadère qui vient à point, fanfaronna-t-il d'un air entendu, je commençais à m'embêter dans cette sale garnison.

Un autre lieutenant, Omer de Crussange, son rival habituel, se récria.

— Quel fat ! Je te garantis que tu trouveras des concurrents. Moi, par exemple.

— Je n'en tirerai que plus de mérite de la victoire. Je donne huit jours à la place pour qu'elle signe sa capitulation...

— Sur un mignon billet parfumé, qu'elle enverra à mon adresse...

— Ce sera par erreur.

— Vois donc quel joli « chanfrein » ! Quelle crinière bien fournie ! quelle belle croupe, sans parler de l'encolure !

— Tu ne respectes rien, avec tes termes de métier.

— Le cavalier parle *cavalièrement*.

— J'offre le champagne au premier qui force la citadelle.

— Votre forteresse a du « rempart ». Elle a du bastion.

— La toute belle ne semble pas d'un assaut si facile, risqua Fleurignac, un tout jeune officier encore imberbe et frais émoulu des écoles.

— Les laides seules ne pèchent point parce que le péché ne vient pas s'offrir.

— Si c'est un steeple-chase entre vous, j'en suis, fit un quatrième fat. Établissons les paris.

Le jeu amusait. L'un d'eux s'improvisa bookmaker et inscrivit les cotes sur un calepin. De Guérannes et de Crussange furent marqués « *à égalité* »; Fleurignac, dont on supputait l'inexpérience avide en additionnant ses huit années d'internat au lycée avec ses deux années de réclusion à Saint-

Cyr, ne passa qu'après. Enfin, un quatrième partant, le capitaine Biguin, gros, chauve et court, mais singulièrement habile et entreprenant, fut classé comme « *outsider* ».

— Notre houri regarde de mon côté, observa de Guérannes. Voyez-vous quelque chose d'anormal à mon col ?

— Pourquoi ? interrogea le chœur.

— Mon col paraît l'hypnotiser.

— Poseur !

— Louche un peu de son côté, discrètement.

— Je vois que son compagnon louche aussi, d'un air mauvais. Je le crois jaloux.

— Ne nous faisons pas trop remarquer. C'est de la mauvaise tactique.

— Nous lui enverrons Coquemarde.

Ce nom truculent désignait une effroyable mégère qui servait d'entremetteuse aux galants de la ville. Horrifique vieillarde à la façon des duègnes de l'ancien répertoire, elle s'entendait à ravir à passer subtilement les billets doux d'une main en tendant l'autre main pour demander l'aumône. On pouvait compter sur sa discrétion. Occupée à fouiller les tas d'ordures, rôdant fort à propos partout où la conduisait son flair des aventures louches, on la trouvait toujours à proximité quand sa présence devenait utile.

Il est certain que Rosemonde, peu accoutumée à la vie provinciale, regardait bien franchement à droite et à gauche comme une étournelle, s'amusant de tout et de rien. Ses yeux profonds et clairs se fixaient nettement sur tout ce qui raccrochait leur attention. Les uniformes sans gloire lui rappelaient de vieilles opérettes, démodées jusqu'à la puérilité. Dans sa fierté hautaine, cette créature d'élite possédait un sens trop subtil de Parisienne raffinée pour s'en laisser imposer par les couleurs voyantes et les dorures, par la friperie surannée des temps disparus. Elle souriait à l'éblouissement intime des chétives pécores et des niaises bécassines de la province.

Comme son regard se croisait, à ce moment, avec celui du beau lieutenant, son sourire amusé et sceptique fut interprété par l'officier comme un signe déclaratif. Erreur lourde. Dédaigneuse — et combien superbement — du clinquant de superficie, la jeune femme ne sentait point d'arrière-pensée effleurer son imagination. Ni trouble ne la pénétra, ni gêne ne l'incommoda, du moins à cette seconde précise.

— Ce bellâtre me semble insolent, finit-elle par avouer à son compagnon, tandis qu'en même temps un peu d'agacement rapprochait ses beaux sourcils. Cet homme se croit évidemment irrésistible.

— Tu parles de l'escogriffe aux chamarrures, du grand flandrin rouge et bleu, qui parade là-bas de si suffisante façon ?

— De lui-même.

— Toutes les fois qu'il valse, je m'imagine que ses boutons scintillants doivent ressembler singulièrement aux facettes d'un miroir aux alouettes.

— Ce costume, tolérable à la manœuvre puisqu'il est règlementaire, ne me semble réellement admissible que sur le champ de bataille. Il y a quelque chose de crâne à se corseter élégamment pour recevoir des balles. Ce qui n'est que pimpant devient sublime. Mais en temps de paix, en ville et en dehors du service, ces oripeaux deviennent ridicules et déplacés. Je sais un dompteur vêtu pareillement. Je comprends qu'à Paris, comme à Londres, les femmes du monde — je parle de celles du vrai, et non de la canaille embourgeoisée — refusent de danser avec ces mannequins en uniforme. Pareil miroitement n'éblouit guère que les pauvres sottes des salons fumeux et mélancoliques des sous-préfectures.

— A moi de défendre le panache, le commerce de la passementerie. Quelle acrimonie, chère, contre nos défenseurs ! Je félicite ce passant de se trouver content de son sort, si toutefois sa destinée dépend de la coupe et de la couleur de son vêtement. Combien me citerais-tu de créatures humaines qui veuillent s'avouer contentes de si peu ? Ayant satisfait à la loi militaire, je suis cocardier. J'aime mon clocher, qui est celui de Notre-Dame. Comme artiste, je ne suis pas ennemi du panache. Il faut que quelque chose nous rappelle les galantes traditions de notre passé national, si glorieux. Je salue en ces beaux garçons les continuateurs possibles des vieilles légendes. Je crois revoir en eux la brillante cavalerie d'autrefois, les hussards d'Augereau et les centaures du comte de Lasalle. Ne sais-tu pas que Murat s'habillait comme Franconi, au dire de Napoléon lui-même, pour courir à la victoire ?

— Celle-ci excusait ceux-là. Je conçois qu'on se pare pour marcher à la mort comme vers une maîtresse prestigieuse. Les femmes s'enorgueilliront un jour de porter un brassard de soie blanche avec une croix rouge, dans les ambulances, et de chercher des plaies sous leurs chemises trouées. Mais en attendant, dans le décor d'art de Paris comme dans cet innocent décor de paix agricole, pareille pavane en costume est risible. Matamore ne bat le pavé et Fracasse les parquets cirés qu'aux jours de mi-carême. Ma sympathie se réserve aux seuls coloniaux, parce que ceux-là côtoient la fièvre à l'heure où ils se reposent des coups de fusil.

Dans l'autre camp, tout en faisant la roue, on échangeait des réflexions peu avenantes sur le garde du corps de Rosemonde.

— Il traîne dans ses jupes comme un roquet.

— Le fait est qu'il la suit comme un toutou, un roquet prêt à japper...

— Ou à mordre. Il n'a pas le visage aimable.

— Elle se morfond d'ennui, avec ce lascar-là.

— Il a l'air de lui tenir la bride.

— Tu es décidément cavalier, toi, dans tes expressions. Je ne m'en dédis pas.

Ainsi devisaient-ils, en bombardant si impertinemment de leurs

œillades la jeune femme, que celle-ci finit par rougir et par s'impa-
tienter.

— Décidément, je n'aime pas le *toc*, fit-elle. Cela sent l'hippodrome,
avec des relents d'écurie. Allons-nous-en, Raymond. Je préfère désormais
la campagne.

Son compagnon acquiesça d'autant plus volontiers qu'à cet instant
même, l'un des officiers, très joli garçon, s'arrêtait devant lui, écartait les
jambes pour se camper d'aplomb et le regardait passer d'un œil méprisant.

Au fond, il ne déplaisait pas au mari de constater le succès de sa jeune
femme. Sa fierté s'en rengorgeait quelque peu. Pourtant il songeait, dans
son scepticisme, qu'il ne faut point tenter le diable. De là deux courants
contradictoires dans son esprit. Qu'on nous montre donc ce privilégié qui,
possesseur d'un joli brin de fille, se flatterait, sans faire rire de sa préten-
tion, d'en demeurer toujours le seul élu !

Quant au coup d'œil injurieux qu'il venait d'essuyer, cette insolence lui
fit froncer jusqu'à la laideur le muscle intersourcilier, ce qui était chez lui
un présage de mauvais augure.

II

Ils revenaient. Des hirondelles, ivres d'azur, tourbillonnaient si haut qu'elles en devenaient invisibles. La campagne s'ouvrait devant les deux promeneurs, tiède et large. L'horizon ardoisé se maculait à peine de tons fauves. Au-dessus de leurs têtes, le zénith se marbrait d'imperceptibles filaments blancs. Le bruit d'élytres des criquets, réveillés par la chaleur de cette soirée d'été, stridulait sans trêve au grand agacement des oreilles inhabituées.

L'homme semblait pensif. Ses yeux, maintenant inintéressés, rappelaient, par leur fixité, l'expression immobile d'une céramique en couleurs.

La jeune femme devinait la cause de cette préoccupation secrète. Connaissant le caractère orgueilleux de son compagnon, elle ne pouvait réprimer son inquiétude intérieure. Des événements déjà anciens lui remettaient en mémoire qu'il supportait mal les insolences. Elle craignait pour l'avenir.

Quels étaient donc ces énigmatiques locataires de la *villa des Marjo- laines*, ces intrus devant lesquels béaient les bouches il n'y a qu'un instant ? Amant et maîtresse ? Mari et femme ? D'où venaient-ils ? Que faisaient-ils ?

Ainsi se résumaient les questions que se posaient entre eux les Saint-Angéliens des deux sexes.

Le soir même de leur arrivée, le bruit courut qu'il s'agissait d'un adultère parisien. Les deux complices venaient se cacher dans ce coin perdu.

Au cercle des officiers naquit parallèlement une autre légende : La dame était une actrice venue pour se reposer en toute quiétude de l'effrayant surmenage de Paris. Le monsieur, on le disait le protecteur, l'entreteneur, le pigeon à plumer, l'éternel *gogo* bon tout au plus à financer.

D'autres versions plus ou moins fantaisistes contrebalancèrent celle-là.

A notre tour ! — L'homme s'appelait Raymond Barban. nom qui ne présente d'ailleurs rien d'ésotérique, ni de mystérieux, ni simplement de romanesque ou d'élégant. Toutefois l'exactitude m'oblige à dire qu'il descendait d'ancêtres fort aristocratiques, fait qui se trahissait extérieurement par son souci de la parfaite distinction. Il n'est pas négligeable de dire que sa discrétion et son bon goût lui faisaient rejeter la préposition *de*, que tant de goujats portent devant l'enflure de leurs appellations. Par orgueil, hauteur et fierté, il se contentait de son nom patronymique et dédaignait ses noms de terre. Tant d'escrocs, tant de gens porteurs de toutes les tares, tant de rastaquouères, de comédiens, d'aigrefins, de souteneurs, de chevaliers d'industrie, de financiers et de juifs, sans parler des filles galantes, tant de faussaires ont fait précéder mensongèrement leur nom d'une particule interlope qu'il avait, par dégoût, posé le pied sur les siennes. Simple sentiment d'amour-propre et de dignité. Quant aux purs, aux authentiques, il constatait chez ces *fin-de-race* une telle veulerie morale et physique qu'il renvoyait ces pâles et anémiques crétins à la même voirie que les autres.

Et comme il fallait vivre, cet isolé, ce contempteur de l'humanité, méprisant toute gloire pour soi, cherchait volontairement une destinée obscure et se faisait démocratiquement imprimeur.

Notre original ne rappelait en aucune façon le manœuvre, au demeurant sympathique, qui, revêtu d'une blouse maculée de graisse noire, les mains ointes de cambouis, anhèle et transpire dans le bruit assourdissant des presses et des machines. On le représentait comme un gentleman nouveau style, de l'école de Brummel, toujours tiré à quatre épingles, adonisé, calamistré, finement ganté. La discrétion de son élégance rendait tolérable la trop précieuse recherche de celle-ci. Un gérant, aidé de chefs d'atelier tous actifs et intelligents, administrait le travail. Lui donnait surtout le coup d'œil du maître. Aussi pouvait-il se permettre de larges vacances, durant la saison morte.

La nature l'avait doué d'un tempérament d'artiste, désagréable cadeau que les fées lui avaient fait à son berceau. C'est la damnation sur la terre, l'éternelle appétence vers le mensonge, le faux, le vide, le divin, l'inexistant. L'âme d'un artiste ne repose point. C'est l'enfer tout le long d'une vie. Sa jeunesse avait été fouaillée par une éducation robuste, trop raffinée peut-être pour demeurer parfaitement saine et indemne de névrose. Les livres qui portaient sa marque faisaient le bonheur des éditeurs d'art et des bibliophiles. Son immense bibliothèque renfermait tous les modèles anciens et modernes, en passant par les incunables et les elzévirs jusqu'aux récentes éditions dont les épiciers empaquètent leurs denrées. Ce particulier lisait beaucoup, étudiait non moins et retenait parfois. De laquelle gymnastique se développaient démesurément son orgueil et sa volonté, parce qu'il se sentait fort de tout l'épanouissement de sa personnalité individuelle.

Aquafortiste distingué, ses moments perdus s'employaient à graver au burin sur le cuivre nu. Dans l'art de Rembrandt, de Claude Lorrain, de Callot, de Watteau, de Boucher et de Goya — pour ne citer que ceux-là — il avait su faire connaître son nom de l'élite parisienne. Et pourtant, c'était là une voie sacrifiée par la foule.

Le même dessinait volontiers au pastel, soit des portraits, soit la nudité voluptueuse des chairs, soit encore des paysages. Gardant en son esprit une prévention contre les reflets gras de la peinture à l'huile, il préférait les tons mats et veloutés, et se plaisait à les fondre dans d'aimables compositions.

Enfin, il fallait surtout voir en lui un musicien hors ligne, qui faisait chanter en virtuose l'âme des violons et des violoncelles, touchait quelque peu le piano et molestait à merveille ses voisins.

Un dernier détail, précieux non pour la généralité, mais pour d'aucuns : il se classait parmi ceux qui tentèrent de soulever le voile d'Isis. Les problèmes profonds de la vie et de la mort hantaient ses aspirations. Son âme ressentait l'inquiétude de l'au-delà. Homme de rêve, mais aussi de pensée, belle intelligence dirigeant un corps robuste et sain.

Or, un jour, cet inquiet s'amusait à visiter les côtes bretonnes, tourmentées comme son imagination. La trentaine sonnait. Célibataire, libre de ses actes, il partait seul vers l'inconnu, en artiste, presque en misanthrope.

Ce voyage fixa sa vie, grâce à des circonstances curieuses que nous devons relater. C'est à ce voyage même et à ses conséquences imprévues qu'il songeait, alors qu'il revenait avec sa femme, vers *la villa des Marjolaines*.

Ils firent un léger détour dans la campagne, sollicités par le charme rustique et sain de ce joli pays. L'horizon s'incendiait peu à peu de braises parallèles. Le soleil déclinant se baignait à demi-disque dans un océan de fluides d'une coloration inouïe. Les teintes et les marbrures s'accumulaient sur un bain d'or, avec des nuances troublées qui rappelaient les liquides d'un cadavre en décomposition. Des stries verdâtres et violacées veinaient l'azur malade.

Etonné, l'homme s'arrêta.

— Te rappelles-tu, dit-il, le coucher de soleil de Belle-Ile ?

— J'y songeais. *Le présent n'a point démenti les espérances du passé.*

Quand le couchant fut définitivement fané, ils revinrent silencieusement, en proie à une sorte de mélancolie heureuse.

Avec leurs âmes de grisette sentimentale, il n'en fallait pas davantage pour secouer leurs fibres émotives. Ces gens-là étaient de ceux dont la pensée se raccroche au vol d'une hirondelle, faucheuse d'azur.

En quoi consistait ce passé auquel ils faisaient allusion ? Nous devons le rappeler brièvement dans les chapitres qui suivent.

III

Je disais précédemment que Raymond Barban, célibataire de trente ans, promenait son ennui de plage en plage et dépensait très froidement les bénéfices et revenus de son imprimerie. Ce fut d'abord une pérégrination incohérente, dont l'itinéraire se formait à la diable, au caprice du moment, au décousu des idées.

Un peu de désillusion désenchantait parfois ses enthousiasmes préconçus. La continuité de la solitude distillait la mélancolie dans son esprit. Il revenait du cap Nord, où le soleil de minuit inondait son imagination de splendeurs lumineuses. Les fiords norvégiens, si tourmentés et pourtant si monotones, laissaient dans son souvenir une sorte de lassitude. La nostalgie de paysages plus reposés lui poignait le cœur, mais ce demi-spleen se teintait de regret, perpétuelle inquiétude d'artiste.

Je ne sais comment, il se retrouvait de golfe en golfe sur les côtes de Bretagne, qu'il ignorait jusqu'à présent.

Belle-Ile lui plut particulièrement. Les nuances défaillantes de la mer et la sauvage beauté des horizons, aux tonalités grises, séduisaient particuliè-rement son goût des demi-teintes. Le romantisme des sites l'enchantait. Quelles délicates sensations à réunir en gerbes ! Barban résolut de séjourner jusqu'à la fin de ses vacances dans pareil décor.

Il s'installa dans un hôtel fréquenté particulièrement par des touristes anglais. Par exception cette année-là, une ou deux familles parisiennes, dont plusieurs jeunes filles, passaient la saison dans le même hôtel. Quel vent de fantaisie et de caprice les poussa dans ces parages ? ils l'ignoraient eux-mêmes, sans doute.

Tout ce monde-là se retrouvait à table d'hôte. Le nouveau venu n'inspira que de la défiance. Nul ne daigna lui adresser la parole. D'aspect glacé, de caractère froid et mesuré, il ne plaisait pas. Dès le premier jour, il se sentit exécré des demoiselles. Il se savait dépourvu de ce genre de beauté, dite de garçon coiffeur, dont raffolent surtout les inconscientes. Son visage ne présentait rien d'enjoué. Le reflet sombre de ses yeux mettait mal à l'aise. La sévérité de ses traits lui donnait l'air rébarbatif et compassé. Quelqu'une, d'une imagination diabolique, l'affubla du surnom irrévérencieux de *Croquemiss*, à cause de la façon farouche dont on l'avait vu dévisager un jour une caravane de jeunes misses anglaises.

Le chœur des vierges folles se moquait de ce faux ogre. Un soir qu'elles le croyaient hors de la portée de la voix, les jeunes voyageuses lui crièrent en riant :

— Croquemiss ! Ohé ! Croquemiss ! Tu ne viens pas avec nous ?

Lui se trouvait sur la plate-forme d'une falaise, le groupe des écervelées se tenait au pied du raidillon, de sorte que toutes les syllabes de leurs paroles parvenaient à son oreille avec une incroyable netteté.

— Croquemiss ! Mon petit canard au riz, mon petit poulet d'Inde, mon petit rat musqué, ma petite caille truffée, mon petit chou pommé, mon gros loup chéri, mon petit lapin blanc au sucre, mon petit bonbon au chocolat... Croquemiss, je ne dors plus depuis que je t'ai aperçu pour la première fois... je suis amoureuse de tes beaux yeux... tu me fais languir... mon petit canard aux navets... mon pigeon bleu-tendre !

Chacune renchérissait sur l'autre pour trouver une drôlerie plus baroque.

Impatienté, Raymond se découvrit d'un geste large et envoya galamment un baiser à la troupe rieuse. Fort confuses, les étourdies s'enfuirent comme une volée de moineaux, en poussant des cris perçants d'hirondelles, moitié par dérision, moitié par excès de joie.

Le soir, à table d'hôte, dès qu'il vint s'asseoir, un grand froid se fit sur tous les visages. C'est lui qu'on trouvait insolent. Personne n'osa rire sous cape. Quelques-unes de ses persécutrices rougirent jusqu'aux oreilles. Lui demeura très grave, très digne, très simple et nullement renfrogné. Le malheureux espérait ardemment que ce léger incident romprait la glace, mais on ne lui fit nulle avance, ce dont il demeurait navré.

Il remarqua que la plus jolie de ces mal élevées, habituellement un peu plus réservée que les autres, le regardait à la dérobée, mais d'un air obstinément pincé. Et comme, attiré par la charmante figure de sa voisine, il dirigeait instinctivement les yeux de son côté, elle affecta de se retourner avec mépris. Cet ostracisme l'attrista péniblement. Ce soir-là, il se crut laid comme Gilliath ou Quasimodo.

Si bien fut-il pris en grippe qu'on évita par tous les moyens de lui causer. On plaça la salière à portée de sa main pour qu'il n'eût point à la demander. De même pour l'huile, le vinaigre et tous les menus condiments.

Les malhonnêtes péronnelles disaient entre elles :

— Que fait-il ici tout seul ? Ce beau monsieur semble se cacher. Sa mise n'est pas rassurante. Pourquoi nous occuperions-nous de lui ? c'est un inconnu. Nul ne nous l'a présenté. Il est même probable que personne n'y consentirait. Ce personnage n'a pas l'air aimable, ni surtout sympathique.

Aussi les pécores demeuraient hautaines, fières, dédaigneuses et pincées. L'une, d'origine napolitaine, rapportait de son pays certaines superstitions italiennes, notamment celle du « *mauvais œil* », de la « *jettatura* ». Cette jeune Italienne étendait toujours deux doigts vers lui, toutes les fois qu'il passait. C'était pour conjurer le sort que jette — d'après les croyances de sa race — le regard de certains hommes maléficiés. Chaque jour, Raymond marquait à son compte une avanie nouvelle.

Le fait est qu'il braquait sur les passants des yeux singuliers, pareils à ceux des hypnotiseurs. Ces yeux, grands et bien ouverts, sans apparence de myopie, apparaissaient d'un bleu foncé, violacé, changeant, caméléonien, qui rappelait tour à tour l'acier damasquiné, l'océan crépusculaire, les étangs nocturnes. Ses prunelles de phosphore paraissaient toujours couver la tempête. Quand il regardait des femmes, ses paupières immobiles ne battaient plus. Gilles de Raiz, le Barbe-Bleue légendaire, devait répandre sur son passage pareil sentiment d'effroi.

Une maligne coïncidence voulait que la troupe des jeunes filles subît constamment sa vue, sinon sa présence. Se rendait-on en excursion, on retrouvait Croquemiss chaque fois et invariablement sur la route, ou même dans les sites les plus déserts. Croquemiss dévisageait l'ennemi d'un étrange regard d'érotomane ou de candidat au meurtre. L'expression de ce regard d'émail se perdait ensuite dans un rêve énigmatique et ténébreux, un rêve d'assassin.

Allaient-elles prendre des bains, sur de minuscules et dangereuses plages, dans des criques pareilles à des petits fiords où l'eau traîtresse dissimulait des rocailles aiguës, des obélisques et des arêtes vives, ce trouble-fête apparaissait toujours, comme par hasard, avec sa perpétuelle curiosité renfrognée. On ne pouvait le taxer vraisemblablement d'indiscrétion, puisque sa mauvaise étoile seule le plantait là, comme un ajonc rébarbatif.

Sans paraître y prendre garde, il suivait d'un air connaisseur les ébats audacieux du jeune groupe. L'anatomie de ces fières demoiselles laissait quelque peu à désirer, soit qu'elles exhibassent des mamelles par trop rudimentaires, soit qu'elles montrassent des membres par trop grêles ou trop allongés, des jambes noueuses aux jointures, sans compter que, parfois, leurs tibias s'incurvaient au delà de la juste ligne. L'une des baigneuses, toutefois, résistait à toute critique possible. Croquemiss l'avait surnommée mentalement : *Tanagra*, parce que la grâce un peu timide et un peu figée de ses attitudes lui rappelait les exquises statuettes de ce nom.

De cette inconnue, le malheureux rêvait. Par contre, c'était celle à laquelle il déplaisait le plus. L'imprudent se cachait, blotti et recroquevillé dans des anfractuosités de rochers, pour la voir courir à son bain sans gêner ses ébats. Il passait comme un Apache, dans les sentiers, pour ne pas laisser soupçonner sa présence. Follement il se perchait près des nids de goëlands et d'albatros pour observer avec sa jumelle de marin. La rafale

collait parfois le costume de bains de la jeune fille sur ses formes impec-
cables et les moulait jusqu'à l'indécence. C'était bien pis quand elle sortait
de l'eau, toute ruisselante, les étoffes collées au ccrps. Raymond se cram-
ponnait à toutes les saillies du roc pour ne pas se laisser emporter par le
terrible vent du large. Cet original épiait les moindres mouvements de
l'ennemie adorée et savourait ses attitudes timides, pareilles à celles de la
Diane de Houdon.

Pour le plaisir démentiel de voir se dénouer rythmiquement une massive
chevelure, cet homme de trente ans risquait certainement de se rompre les
os. Bah ! Pourvu qu'il aperçût, le misérable ! un joli bras nu ou devinât la
rondeur plastique d'une belle jambe ! Qu'importaient les sifflements
railleurs du norois ? Quelque chose se séraphisait dans son être comme s'il
subissait une influence d'opium. Encore un gobe-la-lune, un jobard qui ne
prenait pas la vie au sérieux et se refusait à en comprendre le côté positif.
Il allait jusqu'à souhaiter éperdument, Dieu lui pardonne ! quelque acci-
dent dans le groupe des baigneuses, pour le plaisir de se jeter à la nage, de
contrefaire et de jouer le terre-neuve. Mais le temps des romans avait dis-
paru, évanoui avec les vieilles neiges. A quoi bon s'exposer à s'entendre
traiter de « sauveteur » et non de « sauveur » !

Un jour pourtant, on ne put faire autrement que de lever la dure quaran-
taine dont souffraient tant ses instincts de sociabilité. Voici dans quelles
circonstances. Il flânait près d'un port, à marée basse, et ramassait des
galets nacrés, d'une incroyable blancheur, tout pareils comme aspect et
comme dimension à des dragées de Verdun. Des promeneurs pensionnaires
de l'hôtel, se trouvaient par hasard près de lui. Soudain, *Croquemiss*
poussa une exclamation. Il voyait une épave, une boîte de fer blanc en
forme de rouleau, dont le couvercle adhérait hermétiquement, grâce à une
savante soudure. Cela flottait comme liège, malgré la présence évidente,
dans l'intérieur de ce récipient, de quelque objet plus lourd qui sonnait
comme la bille d'un grelot fêlé.

Raymond ramassa l'objet, l'examina, entama la soudure avec son canif.
Tous les spectateurs s'approchaient curieusement. Les jeunes filles, qui ne
pouvaient renier leur descendance de Pandore, vinrent voir.

La boîte contenait un petit écrin où s'enchâssait une magnifique bague.
A côté se trouvait un pli de bristol sur lequel se lisait une écriture fine et
déliée, en langue anglaise, dont je rapporte le texte :

« *Thou who first shalt see and find this ring, keep it as a happy
gift of heaven. If thou art not wed, let it be thy engagement ring.*
*Thrown over board our yacht the « Fancy » on my wedding day
with Charly F. the 15 th of July 18... »*

En voici la traduction :

« Toi qui verras le premier et trouveras cette bague, conserve-la comme
don joyeux du hasard. Si tu n'es pas marié, que ce bijou te serve de
bague de fiançailles.

Jeté pardessus le bord de notre yacht *Fancy*, le 15 juillet 18.., jour de mon mariage avec sir Charly F. »

Et ce billet était signé de deux prénoms : Elen et Charly.

Ainsi la fantaisie de quelque Américaine, de quelque Anglaise sentimentale, sans doute aussi riche que romanesque, que capricante, qu'écervelée, rendait Raymond possesseur d'un magnifique joyau. Les témoins reconnaissaient une richissime bague de fiançailles dont le chaton leur paraissait représenter une aigue-marine. Ils se la passaient de main en main pour en examiner les détails. On échangeait ses impressions. L'exquise *Tanagra* tout en affectant un air dédaigneux regardait la pierre précieuse en rêvant. Comme femme, elle appréciait ces bagatelles. Les aigues-marines l'hypnotisaient. Quelque peu superstitieuse, elle leur attribuait des propriétés particulières, celles de donner la chance, le bonheur, le succès en amour, une certaine puissance magnétique sur les êtres vivants comme sur les objets.

Raymond se livrait à des suppositions vraisemblables, établissait l'hypothèse de quelque miss très jeune, très gâtée, énamourée de quelque bel officier de retour des Indes, et toute radieuse enfin d'être mariée à l'homme de son choix. Les deux tourtereaux devaient flotter sur le Pactole rouleur de pépites, puisque possesseurs d'un yacht, sans compter leur facilité à jeter l'or par dessus les bastingages. Enfin l'heureux « *inventeur* », comme on dit dans le langage du droit, pour désigner celui qui a trouvé quelque objet, parlait de rechercher le couple amoureux et de leur « *accuser réception* » de leur fatidique envoi.

— Je leur annoncerai, ajoutait-il en riant, que je suis le célibataire qu'ils visaient, qu'il ne me reste plus qu'à trouver l'emploi de cette symbolique babiole... Et si je finis par faire quelque jour cet inéluctable plongeon, comme la plupart de mes pareils, j'enverrai à la jeune lady une lettre de faire part.

La conversation devenait générale. La glace fondait doucement entre les interlocuteurs. On revint ensemble. Pour la première fois, à table d'hôte, on ne fit pas mauvaise figure à *Croquemiss*. On trouvait tout de go qu'il gagnait à être connu. L'une des jeunes filles hasarda de confier qu'elle le trouvait plutôt beau que laid. Dans le dialogue, cet homme s'animait. Son teint pâle rosissait. Ses traits se détendaient et perdaient leur expression coutumière de dureté. Nul ne l'avait vu sourire, avant ce jour. Ajoutons que, toujours esseulé, les raisons lui manquaient jusqu'à présent pour qu'il crût devoir faire risette. D'une voix grave et bien timbrée, dont il savait nuancer les accents, notre personnage racontait des anecdotes. Tous les sujets lui paraissaient familiers.

L'originalité de ses idées ne déplut point. De sa voix qui enveloppait les âmes à leur insu, il louangeait la mer, l'éternelle sirène, la mangeuse d'hommes, l'amante des cadavres, la délicate berceuse, l'élégie jamais surannée, la chanteuse d'infini. Ne traiterait-on pas de fou celui qui accompagnerait de la harpe, dans quelque crique désolée, la plainte grandiose des

3

lames qui se brisent sur les galets? Ce brillant causeur avouait comprendre pareille extravagance. *Tanagra*, plus lente à conquérir que les autres, plus défiante, plus combative, plus hostile, lui demanda s'il se livrait lui-même à pareille fantaisie. Sans hésiter, il répondait oui et se déclarait tout près à recommencer. La jouvencelle se pinça ensuite dans son silence rechigné, mais intensément attentif.

Dans l'assistance, tous sans exception connaissaient la musique.

— De la musique humaine, hasardait-il en substance, de la musique humaine jetée vers l'infini divin, de la musique qui s'angéliserait en se mêlant aux voix de la nature, qui nuancerait le rythme monotone de ces voix en l'accompagnant de gammes variées. Quelle richesse inouïe de notes se perdent sans rémission dans l'âme d'un compositeur!.. Ajoutez aux sons les teintes, — jamais semblables dans ce pays où les tons ne peuvent demeurer fixes — pour compléter l'impression. Choisissez l'heure où le rayonnement suprême du soleil revêt les paysages de couleurs rares. Alors le rêve se dramatise dans l'ombre crépusculaire, et l'ombre, sachez-le, n'est jamais noire. Ne la confondons pas avec l'obscurité ou les ténèbres. L'ombre renferme les nuances les plus nombreuses, les plus délicates, les plus riches. Elle aide au recueillement, et c'est à ce moment seul que notre être se laisse envahir par la beauté et pénétrer par l'ineffable. Dès lors naissent des aspirations pareilles à celles de l'amour. Du moins ces aspirations convergent vers ce sentiment, si elles ne se confondent pas avec lui. C'est une des lois éternelles de la nature. Nos sens s'enivrent des harmonies extérieures, couleurs, parfums ou musiques, et malgré nous, notre extase s'aphrodise... Tiens! Voilà encore que je me lance dans les grandes phrases!

Les paroles de ce bavard, dites d'une certaine manière dont l'enjouement en faisait passer la préciosité, chantaient comme une caresse. Le scélérat possédait l'art de nuancer ses intonations et de faire accepter, sans côtoyer le ridicule, cette phraséologie un peu lyrique, en alternant savamment le ton grave et le ton badin, en retrouvant à propos des mots familiers quand l'emphase de certaines idées lui paraissait trop périlleuse.

Dès lors, on commença à remarquer que son allure générale démontrait la plus parfaite distinction, accompagnée d'une instruction stupéfiante, d'un savoir-vivre raffiné. Ses paroles imprévues laissaient toujours dans les esprits une traînée de rêverie, un trouble léger, un besoin de commenter chaque idée qu'il laissait tomber au passage comme un moissonneur ses graines. Depuis ce jour, on rechercha sa société à cause de l'élégance et de la variété de sa conversation. Jamais on ne l'aurait cru si gai, à le voir. Il eut une façon adorable de demander qu'on voulût bien continuer à l'appeler *Croquemiss*, tout court. Cette familiarité lui était agréable, provenant de jeunes filles ou de dames. Désormais, l'heureux drille devint le compagnon indispensable de toutes les parties, l'homme de toutes les fantaisies, de toutes les ressources. Il dirigea les petits jeux de société. Finalement, ce chenapan se trouva si adulé, fêté, entouré, qu'on le comparait plaisamment à un coq au milieu de ses poules.

Tanagra seule résistait, par fierté peut-être. La jolie fille se renfrognait dans son idée première, se tenait à l'écart, silencieuse et méditative.

— C'est incroyable, lui dit un jour Raymond, je n'ai pas encore entendu prononcer votre prénom et je ne connais encore que votre nom de famille. Comme vous vous trouvez toujours cinq ou six jeunes filles ensemble, vos prénoms s'entrecroisent dans la conversation, sans que je sache à laquelle il faut appliquer chacun. Mentalement, je vous désigne sous une appellation qui vous semblera bizarre. Je vous appelle *Tanagra*.

— C'est un nom étrange et joli. Vous l'avez emprunté aux statuettes grecques des musées...

Il lui expliqua ses raisons, parla en riant de ses costumes si particuliers, de ses attitudes parfois hiératiques, de sa grâce si spéciale.

— Pourquoi, remarqua-t-elle, me donnez-vous ce nom grec, alors qu'il n'est justifié que par certaines particularités négligeables de ma personne ? Ce nom ne convient pas au type de mon visage. Au surplus, il sied mal dans un décor breton. Je comprendrais cela, à la rigueur, sur les bords de la Méditerranée.

Tandis qu'elle faisait cette observation, sa voix affectait quelque chose de dédaigneux, d'inintéressé, de sec et de combatif dont s'aperçut son interlocuteur. Il lui était cruel de se sentir antipathique même à une seule personne. Il en attribua la cause à ses dehors physiques, qu'il jugeait ingrats.

Rentré dans sa chambre, il se regarda dans une glace. Le vent violent de la mer s'était insinué dans ses cheveux et les avait séparés par mèches folles, chaotiques, révoltées. L'air vif plombait son teint et barrait son front de deux rides intersourcilières. Il se trouva des airs hirsutes d'orateur de réunion publique, de balayeur ou de député. Sa mâchoire d'homme volontaire lui paraissait trop puissante, trop bestialement léonine, trop en saillies osseuses. Ses yeux lui paraissaient trop gros et trop gris, son nez trop fort, son front trop bossué, ses pommettes trop fortement charpentées.

— Je n'ai rien d'un Apollon, ni seulement d'un Lauzun, soupira-t-il mélancoliquement en passant sa personne en revue. Les ris et les grâces n'ont point présidé à ma naissance. Comment plaire à une tourterelle de vingt ans, que tous les hommes doivent encenser et aduler ? Hé ! La patte d'oie se dessine autour de mes yeux, ce me semble. Il y a quelque chose de bien farouche et de bien contracté dans mes traits. Du moins les faunes et les satyres de la mythologie grecque montraient un visage rieur. Heureusement que je ne me sens pas happé par les tentacules de l'*Amour*... on ne désigne pas d'un nom si grave, si intense, si noble et si amer une passionnette dont mon imagination fait tous les frais. Voyez-vous un imprimeur, un vulgaire commerçant, un homme qui encaisse des billets à ordre et des traites, voyez vous un monsieur correct et sérieux déformer des faits naturels par l'optique de la poésie, exhausser une fillette banale au rang d'une Laure de Noves ou d'une Béatrice !... Holà ! mes bordereaux, mes factures, mon papier timbré ! Holà ! Martin bâton ! C'est le désœuvrement de ma pensée qui me fait songer plus que de raison à cette péronnelle, c'est l'ennui de cette vie provinciale que je m'impose. Dès que mon bon vieux Paris aura passé par là-dessus, cela s'effacera. Il ne demeurera dans mon esprit qu'un simple souvenir, tout pareil à celui d'une jolie aurore qu'on salue à son réveil, d'un mirage inexistant qui ne trompe plus personne, d'un rêve creux et vide et chatoyant comme il vous en vient le matin. Bagatelle et bêtise !... Et pourtant, si cette linotte sans âme laissait tomber sur moi un regard de pitié, comme on jette un os à un chien, il me semble que j'en aurais pour dix ans de bonheur.

Pour bercer sa mélancolie, c'était, là-bas, la psalmodie traînante et monotone de la mer.

IV

Les yeux allumés d'une flamme inconnue, la jeune fille que Raymond Barban surnommait *Tanagra* confessait son aversion à son cénacle d'amies.

— Votre monsieur Croquemiss me déplaît comme au premier jour. Je lui reconnais ses qualités, mais il m'inspire de la défiance. D'ailleurs je ne saurais dire pourquoi. Je n'aime guère la façon dont il regarde, surtout quand une pensée le préoccupe et qu'il oublie de sourire. Il y a du Barbe-bleue dans sa physionomie. L'idée me hante que si on perquisitionnait à son domicile, on y trouverait comme chez Barbe-bleue les cadavres de sept jolies femmes, pendus l'un à côté de l'autre dans quelque cabinet sombre. Les inquisiteurs d'Espagne devaient avoir pareille froideur d'acier sous la paupière, quand ils ordonnaient les pires supplices. J'ajoute que sa conversation trop prétentieuse, trop littéraire, me hante jusqu'à l'obsession, comme une réminiscence d'air qui plaît, mais dont la répétition perpétuelle dans la mémoire finit par fatiguer. Du moins les autres hommes me sont indifférents, que leur visage soit beau ou laid, distingué ou commun ; quant à lui, sa seule présence me gêne. Au surplus, j'ai la conviction qu'il me déteste. Il me regarde comme l'ogre regarde la chair fraîche qu'il va dévorer.

Ses compagnes riaient de cette série de boutades. Croquemiss devenait de plus en plus leur favori, leur compagnon indispensable, le confident attentif des passionnettes et des flirts, le diplomate qui obtenait les autorisations des parents pour les parties projetées, le fin renard qui palliait auprès des papas et mamans les étourderies juvéniles, l'amuseur inventif, le monsieur prévenant dont le tact exquis accaparait toutes les confiances. On ne jurait plus que par lui. Il savait rendre mille petits services avec un à-propos consommé. Serviable et obligeant, une oreille tendue à droite et l'autre à gauche, ce charmeur, dis-je, écoutait tout le monde complaisam-

ment, prêtait de la musique et des livres défendus, jouait au piano des qua-
drilles et des valses, indiquait de merveilleuses recettes pharmaceutiques
faisait revenir de Paris jusqu'à des savons fins, pour les distribuer généreu-
sement. Il essuyait les petites larmes des unes, s'interposait entre les bou-
deries des autres, se coupait en dix pour se rendre nécessaire ou simplement utile... Et quand il se croyait seul, les plus médiocres observatrices
lui retrouvaient l'air distrait, le regard amer et songeur. Ce mélange
d'expansion, de demi-gaieté et de mélancolie lui seyait, paraît-il, à
ravir.

Les amies de *Tanagra* s'étonnaient donc des réserves de celle-ci à
l'égard d'un si parfait camarade.

Par malheur pour la défiante créature, sa chambre se trouvait contiguë
à celle de son épouvantail. Les craquements de la cloison faisaient palpiter
naïvement son cœur. Lorsqu'elle éteignait sa bougie, la pauvrette s'imaginait entendre des frôlements dans la pièce. Le silence même l'inquiétait,
par son mystère. Le silence possède une âme redoutable qui semble cons-
pirer de complicité avec la nuit.

Ce personnage lui gâtait décidément son séjour à la mer. Ajoutons qu'elle
ne se trompait point, quand elle se croyait épiée. L'indiscret *Croquemiss*
collait son oreille à la cloison, — le scélérat ! — pour mieux entendre le
rythme de ses mouvements, pour mieux percevoir ses moindres actes,
toutes les fois qu'elle se déshabillait et se couchait. L'imagination de cet
homme, martelée par l'amour, s'éperonnait d'un rien, d'un souffle, d'un
soupir, d'un déplacement de meuble. De bonne foi, il ne voulait point
s'avouer cette servitude de tout son être à une passion qu'il jugeait puérile.
Il ne croyait s'intéresser à cette jeune fille que comme on s'intéresse à un
petit animal gentil, à une princesse de conte bleu, à un personnage de
saynète.

Il se rendait compte, d'instinct, que son voisinage déplaisait. Des timi-
dités, qu'il ne se connaissait point jadis, naissaient dans son esprit,
figeaient ses gestes, arrêtaient les paroles sur ses lèvres et transformaient
ces paroles en balbutiements. De son côté, il n'osait plus marcher franchement dans sa chambre, ni tousser, ni ouvrir la fenêtre, ni frapper sur son
oreiller pour l'attendrir. Son violon, son cher violon, son discret compagnon d'âme, demeurait muet. Raymond se privait de musique, la divine
confidente, l'ineffable consolatrice de l'amour malheureux. C'était à devenir
fou.

Et dire que c'était sa réserve même que redoutait sa voisine. Elle se
demandait pourquoi il marchait ainsi, à pas feutrés, comme un malfaiteur
qui guette sa victime, un chat qui épie une souris, un loup qui attend sa
proie. A quelle bourse pleine d'écus en voulait-il, ou à quelle affriolante
virginité ?

Elle n'osait demander à changer de chambre, on se serait moqué de sa
nervosité. On l'eût traitée d'hystérique, de névrosée, de folle. D'ailleurs il

eût fallu déplacer son piano, qu'elle avait fait venir à grands frais de Paris et qu'on avait eu tant de mal à loger là. Vis-à-vis de ses petites amies comme de ses parents, il lui semblait préférable de ne point se montrer capricieuse, personnelle, despotique, exigeante, entêtée, en un mot insupportable. Les plus accommodants sont les plus habiles, a dit le fabuliste. Et sa nature charmante, malgré cette crise inconnue d'antipathie et de haine, ne voulait témoigner que de la douceur et de la conciliation.

Elle se raisonna. Un soir même, elle osa jouer du piano, ce qu'elle n'avait plus voulu tenter depuis l'arrivée de Croquemiss. Douée d'un admirable talent, elle fit chanter sur l'ivoire une magnifique déprécation d'amour.

C'est un sentiment imprécis dont elle ressentait à son insu tous les troubles, sans savoir pour qui. Aucun homme ne lui plaisait particulièrement. Mais son front se teintait soudainement d'incarnat, sans cause appréciable. Elle demeurait rêveuse sous l'influence d'émotions de mineure importance, un parfum de chèvrefeuille respiré, un bruissement dans l'air, une note de musique perdue au vent, un frisson dans les blés, un calice qui s'étiole. Aussi comprenait-elle avec une intelligence aiguë toutes les nuances émotives des sons. Des gerbes de notes naissaient sous la souplesse agile de ses doigts et s'évaporaient vers je ne sais quel abîme.

Selon ses habitudes d'irrégularité, Raymond, ce soir-là, remontait chez lui d'assez bonne heure. Généralement, ce bizarre individu sortait immédiatement après le dîner et allait boire avec les marins, dans d'infâmes cabarets. Il interrogeait avidement ces hommes frustes sur leurs voyages ou sur les hasards de leur métier. Il notait les airs de leurs chansons naïves ou grossières. Il s'affublait d'un affreux surois de ciré jaune et s'embarquait avec des pêcheurs, surtout par les jours de grosse mer. Il se grisait abominablement avec ces intrépides ivrognes et leur racontait volontiers des obscénités. D'autres fois, ce maniaque errait tout seul, pareil à un vésanique, un démonomane, un réprouvé. En tous cas, il appartenait visiblement à la catégorie des inquiets.

Alors ses traits se contractaient. Quelque sombre meurtre semblait s'élaborer dans son cerveau. En réalité, des douceurs infinies, vagues comme la vague, se berçaient, informes, dans son imagination ouatée de rêve.

Depuis que les jeunes filles lui faisaient bon accueil, il sortait seul, beaucoup moins. Il emmenait toute la troupe jouer à cache-cache au clair de lune et leur faisait danser des farandoles dans la lumière argentée. Une belle nuit étoilée il les emmena toutes en chaloupe, par une mer paisible et tendre, clapoteuse et nacrée. Il leur racontait des légendes de terroir.

Le soir qu'il remonta de bonne heure dans sa chambre et entendit la musique s'éplorer dans la pièce voisine, tout le monde jouait aux petits jeux, dans le salon du rez-de-chaussée. Seule, *Tanagra* s'était excusée, prétextant des études à faire sur le piano. Raymond s'excusait à son tour, alléguant un peu de fatigue nerveuse, de névrose. On lui permit difficilement de s'en aller.

En réalité, plus féru que jamais, il éprouvait, au risque de se trahir, le besoin irrésistible et fou de se trouver dans le sillage de l'adorée.

Les ondes de musique, diluées par cette main charmante, s'épandaient jusque sur le palier désert. Sauf leurs deux chambres, cet étage, depuis deux jours, demeurait inoccupé par suite du départ simultané de deux familles anglaises.

Etonné, pétrifié de surprise, le jeune homme s'arrêta pour écouter. Nous avons dit qu'il était un compositeur hors pair, encore que d'une subtilité extravagante.

Il rentra tout doucement chez lui. La cloison amortissait les sons, les tamisait, les amenuisait, les fondait, les rendait plus fins et plus délicats. Dans son esprit se sublimisaient immédiatement des paysages idéaux, évanouis avec chaque note de musique. Il mit un genou en terre, s'accouda sur une chaise et, le front dans la main, il laissa sa pensée s'envoler dans l'éther et nager dans le fluide immense de l'amour, pareil à quelque océan aérien dont les vagues diaphanes seraient des parfums et des notes de musique.

Pour la première fois depuis bien des jours, il sentait de la vraie joie inonder tout son être, déjà moins las. Quelque chose en lui triomphait.

— Moi aussi je suis musicien. Par la toute puissance de certaines forces invisibles, les forces harmoniques, je créerai un réseau inextricable de liens entre l'âme de cette femme et la mienne.

Artiste de large envergure, il se savait un compositeur d'une rare envolée. Superbement fier de se savoir inconnu de la foule abhorrée, il se réservait, depuis son adolescence, de révéler seulement à la femme aimée, s'il rencontrait celle-ci, les facultés splendides de son être moral. Jusqu'à ce jour, il ne connaissait encore que les liaisons passagères nécessitées par l'effervescence du sang. Désillusionné chaque fois par les misérables créatures qui lui offraient le spectre de l'amour, il se rappelait quelques passionnettes insignifiantes, tôt oubliées. Les aspirations immenses de son affectivité ne trouvaient point leur emploi. Aussi, quand il s'ennuyait par trop de la continuité de sa solitude, il demeurait des heures entières à faire se diluer de son violon des plaintes mélodiques, inexprimablement défaillantes, dans lesquelles s'envolait toute son âme. Cela le soulageait et ranimait son cœur endolori.

Cette digression nous fera comprendre son trouble intense, presque poignant, en écoutant le clavier chanter dans la pièce voisine. L'émotion le rendait haletant. Son art de prédilection triomphait, dans toute sa pénétrante beauté, entre les mains fraternelles de l'adorée. Une angoisse surhumaine l'envahissait, extatique et douloureuse, pareille aux transes des médiums.

Le piano se tut. Chaque note semée dans son oreille germait dans les replis de son esprit comme un grain de blé dans un sillon. Chaque son trouvait dans son âme vibrante un écho, déformé, embelli, magnifié par sa manière personnelle d'éprouver les sensations. Ce fut dans tout son être pensant comme une incubation, une germination rapide. Ses lèvres décloses frémirent. Des lueurs de folie éclairèrent son regard sombre. Il agrippa nerveusement son violon, déposé sur une table.

Ses facultés de créateur se ressaisissaient dans le silence. Soudain, l'obscurité de la pièce devint toute palpitante de sons et de râles, d'une cacophonie d'abord ridicule. Des phrases incohérentes jaillirent sous l'archet, informes et mal soudées. L'air se baigna d'effluves sonores, saccadés, pénétrants, avec un motif embryonnaire qui défiait toutes les lois du rythme, de l'harmonie et de la raison. L'émotion se faisait chantante.

Ce chaos s'ordonna peu à peu, comme un amour qui s'ignore et se fixe. Cela se lia, se fondit, se développa. Des accents d'une splendeur inouïe sortirent des limbes, prirent corps, tourbillonnèrent comme en spirales et s'évanouirent de nouveau dans le néant. L'air en parut comme embaumé, comme divinisé, comme paré de couleurs rares et gemmées, pareilles aux transparences des soleils couchants, dont se divinise le ciel.

Raymond avait en quelque sorte saisi au vol, par un soir récent de mer bleue et d'étoiles, les principaux motifs de cette composition. Il se trouvait alors en compagnie de grossiers pêcheurs, Moruet, Trégor, Tuwaed, Kernavon, ces rudes mâles dont il aimait tant faire sonner les noms rocheux de terroir. Rentré chez lui, au matin, las et courbaturé, il n'avait jamais pu depuis ressaisir et fixer les idées musicales nées dans son cerveau pendant une nuit d'été. Aujourd'hui, grâce à l'exceptionnelle excitation cérébrale que lui produisait le *voisinage de la femme*, le frôlement de l'amour, il retrouvait toute son inspiration passée, en rassemblait les éléments, les dégageait du capharnaüm de sa pensée endormie, les coordonnait victorieusement.

Intimement, il sentait une sorte de joie inonder son être, le noyer comme dans un océan de vertige, une joie pareille à celle que je suppose aux triomphateurs romains sur leurs chars laurés. Il connaissait le magnétisme des sons, supérieur à l'hypnotisme des lumières. Il pensait au symbole éternellement vrai d'Arion, poète chanteur, et au dauphin qui, charmé des accords de sa lyre, le sauve de la mort dans un naufrage, en le portant sur son dos et en le conduisant jusqu'au rivage.

Dans le désordre ordonné de sa pensée, les idées naissaient fougueusement, virevoltaient, se déchaînaient dans toutes ses facultés d'expression, se canalisaient, domptées, en accents d'une rare puissance. Était-ce là ce que le vulgaire dénomme du terme si banal et si plat d'*inspiration* ? Sans doute. Je ne sais si cette inspiration ressemblait, dans sa genèse, à celle des grands maîtres et des dieux de l'art lyrique, à celle de Glück et de Mozart, de Schumann, de Berlioz, de Listz, de Gounod, de Wagner, de

Saint-Saëns, de Reyer, de Massenet. — Qu'importe si je les cite sans ordre ! je les tire pêle-mêle du même Olympe.

Si réellement la musique est d'origine divine, comme le croient tous les peuples de la race aryenne, quelque chose de la divinité montait dans l'atmosphère ambiante, vibrait, tournoyait, ondulait dans un tourbillon de vertige. Cet homme singulier avait essayé autrefois de manier les forces secrètes et cachées de la nature : il les retrouvait sous son doigt, les réveillait de leur sommeil profond et leur faisait jeter d'harmonieux sanglots.

C'était le puissant lamento de la mer, la plainte annotée de la vague, le pathétique de la lame qui se brise sur les rochers. On sentait inexprimablement, le flot se former dans le lointain mystérieux. Le flot ondulait doucement et c'étaient de petites notes frêles, perlées encore que déliées, quelque chose de tendre, d'imperceptible, d'informe, d'embryonnaire, quelque chose échappant à toute délimitation mathématique comme à toute classification musicale. Le flot s'arrondissait en sons doux et liquides, sans se crêter encore. Il grossissait, avec des balancements à la fois tendres et vertigineux. Des chansons de sirènes s'exhalaient de la vague berceuse.

La clarté lunaire illuminait toute la pièce, l'inondant de blancheurs.

On entendait des voix de soprani accompagnées d'un grondement grave. C'était l'indicible, l'ineffable, avec je ne sais quoi d'amoureux, de berceur qui étranglait les gorges et faisait jaillir l'eau des paupières. La lame arrivait grandissante, se redressait vers la grève, en écumant, puis retombait dans un désordre d'arpèges violents et grandioses. Le tout recommençait avec des variantes dont l'inattendu frappait de stupeur. Parfois des pizzicati s'envolaient comme une perlure de pluie, pareille à la division en gouttelettes des eaux spumeuses sur le visage. D'autres fois, cette musique d'empyrée mourait doucement, tel le jusant des nuits calmes, dans une imperceptible caresse. Et cela se reprenait encore, s'éternisait indéfiniment, comme le flux et le reflux à travers l'éternité, avec des formes multiples comme la vague, ondoyantes et fluides comme l'onde.

Raymond ne sentait pas la sueur couler sur ses tempes.

Orphée ! Chantre divin ! songeait-il passivement, comme en sourdine. Toi qui perdis Eurydice, ton rêve fait chair, dans le fond noir des enfers, c'est-à-dire dans la boue du réel, ton art troublant n'est-il pas le symbole de l'éternelle aventure d'amour? N'ouvre-t-il pas vers l'air libre toutes les aspirations enfermées dans les limbes de l'âme humaine ?

A leur insu, les êtres émotifs, les esprits raffinés et délicats tendent instinctivement à faire de la vie une sorte de roman lyrique dont tous les épisodes contiendraient toutes leurs aspirations vers la beauté. Ils cherchent à faire vivre celle-là dans ce qui les entoure. C'est l'antagonisme perpétuel entre le rêve, qui monte comme un encens, et la réalité, qui se vautre sur le sol. Soumettez ces âmes ainsi préparées à l'influence de la musique, et vous me direz merveille du sortilège.

Voyez Orphée, fils d'Apollon qui était lui-même dieu de la musique ; Orphée, fils de Clio, l'une des neuf muses.

Il jouait si admirablement de la lyre que les fleuves suspendaient leurs cours et que les bêtes féroces s'attroupaient autour de lui pour l'écouter. Quand Eurydice, sa femme, mourut de la morsure d'un serpent, le jour même de l'hyménée, Orphée descendit aux enfers pour la redemander.

Il joua de la lyre.

Les divinités infernales elles-mêmes ne purent résister à la magie de ses accents. Cerbère le laissa passer. Elles lui rendirent la jeune épousée.

Il est vrai d'ajouter qu'on lui imposa la condition *de ne pas regarder derrière lui* jusqu'à ce qu'il fût sorti des enfers. N'était-ce pas lui demander de demeurer dans son propre rêve ?... Ne pouvant maîtriser son impatience, Orphée regarda. Eurydice disparut aussitôt, comme le vain idéal d'un artiste.

Raymond n'était pas Orphée, mais sa voisine n'était pas non plus une bête sauvage ou une divinité infernale. Songeuse et frémissante, elle se laissait envelopper par la musique comme une mouche dans les mailles d'une toile d'araignée.

Pendant qu'il jouait, la jeune fille effleura le clavier d'ivoire de ses doigts. La lune éclairait les touches d'ivoire. Le piano retentit en sourdine, accompagnant l'improvisation du maëstro, de cet homme obscur qui manifestait un génie si vertigineux. Sans tâtonner, elle trouvait de suite l'unisson d'une musique avec une musique différente. Le piano s'accordait avec le violon.

Le compositeur tressaillit en présence de cette entente si peu espérée naguère et conclue sans paroles. Les deux âmes allaient-elles se comprendre fraternellement sans le secours des mots ? L'artiste exultait, dans une sorte de joie angoissée.

Ils jouèrent ainsi durant deux heures entières, dans l'ombre cendrée, témoignant à l'envi d'une science musicale prodigieuse, celle qui devine immédiatement les moyens d'exécution, se les approprie sans effort, les dépasse et crée à son tour. C'était cette intuition de l'art absolu, supérieur à l'art individuel et relatif, qui déterminait cet accord tacite, cette réconciliation inattendue, cette soirée court vécue autant qu'irrevivable.

... Brusquement, une corde du violon se brisa. Une dernière note mourut sur la corde voisine, note prolongée comme un râle.

De l'autre côté de la cloison, le piano se fermait avec un bruit sec.

La poitrine de l'homme se dilata. Sa respiration se fit plus large. Des larmes d'extase et de joie jaillirent de ses paupières. Il est dans la vie humaine de ces rares minutes où l'amour séraphise l'âme, angélise l'être entier, où l'amour en un mot vous rend bête.

Cette détente fit du bien à Raymond. Décérébré par la fatigue, foudroyé soudainement par un sommeil inattendu, il dormit sans pouvoir analyser son bonheur.

La même scène silencieuse se reproduisait à peu de variantes près dans l'autre pièce.

Ainsi deux vagues se rencontrent, se heurtent, se brisent et finalement se fondent intimement en ondulations douces.

V

Le lendemain, les deux virtuoses, rapprochés par l'aimentation d'un art magique, échangèrent un discret sourire de gratitude. Le seul mot « merci » fusa très doucement de leurs lèvres, de part et d'autre. Ce fut tout. Par une remarquable entente tacite, d'une délicatesse inouïe, aucune allusion à la soirée de la veille n'effleura leur entretien. Ils craignaient mutuellement les félicitations banales sur un sujet dont toute leur âme se dilatait. La misère et la platitude des paroles pouvait rompre le charme, mieux valait pour le présent causer d'autre chose.

Raymond se contenta de parler d'une excursion projetée pour ce jour même. Il se proposait de visiter un site marin dont on lui disait louange. C'était la grotte de Crohn'wer, si étrangement sauvage, si appréciée des touristes. La jeune fille avoua qu'elle caressait depuis longtemps le même projet, et comme ses parents s'ankylosaient dans leur incuriosité niaise, elle attendait une occasion favorable. Ils prévinrent le groupe des petites amies. Pour des raisons diverses, aucune ne parut disposée. L'une se plaignait de la migraine. L'autre prenait le vapeur pour aller faire quelques emplettes à Quiberon. La troisième venait d'attraper une entorse. Et ainsi de suite.

— Il ne reste plus que vous et moi de disponibles, mais cela suffit, insinua Raymond, tandis que ses lèvres s'illuminaient de leur diable de sourire, si rare, mais si gracieux que toute la dureté de sa physionomie disparaissait pour faire place à une irrésistible séduction.

L'hostilité vaincue de la jeune fille capitulait. Indécise, elle regardait cet allié récent avec l'étonnement de ses grands yeux de velours. Comme toutes les autres femmes, elle finissait par subir naïvement le charme lent et sûr. Cet individu cessait d'être le *Croquemiss* antisympathique de jadis. Sa personne s'idéalisait depuis la veille, par son commerce avec les dieux.

— Voulez-vous m'accepter comme guide ? ajouta-t-il avec une pointe de timidité.

D'un signe de tête, elle accepta, du même air que d'autres refusent une invitation à la valse. D'une mine assez maussade et pincée, elle se contenta d'émettre du bout des lèvres un « oui » équivoque. Encore mal conquise, elle croyait en son for intérieur devoir s'entêter sur une intime défensive.

Raymond ne crut pas devoir tenir compte de cette réponse faite de mauvaise grâce. Il s'assit devant la terrasse de l'hôtel, en face du port, et déplia mélancoliquement un journal. Cinq minutes après, la jeune fille apparaissait, une pèlerine sur les épaules.

— Eh bien ! Je vous croyais prêt, s'exclama-t-elle avec une moue amusante, et je vous trouve plongé dans la lecture d'une gazette.

— Je vous... attendais, balbutia le jeune homme en s'excusant. Voici mon béret, ma pèlerine... Il n'y a plus qu'à faire atteler.

— Comme vous êtes distrait !

— Franchement, vous aviez l'air si peu disposée à partir que je me suis tenu coi, dans mon petit coin, pour vous laisser le temps de vous dédire.

— Quel original vous faites !

— Descendons. Ce ne sera pas long.

Cinq courtes minutes après, le break de l'hôtel, loué pour la journée entière, les emportait dans la brume matinale, sous la conduite d'un jeune gars silencieux.

Au sortir même de la ville, une jeune Bretonne de pur type celte, lourde, épaisse, la peau dorée par le hâle, passa dans son costume national, avec un joli flottement de sa coiffe blanche aux ailes d'albatros. Raymond, l'air subitement ennuyé, la salua d'un léger signe de tête.

— Bonjour, patron, fit-elle d'un ton aimable, en se dandinant comme une oie.

— Bonjour, Malvina, répondit-il froidement.

— C'est tout ça le bonjour que tu me fais, éclata la fillasse furieuse, parce que tu fais le joli cœur avec une de ces belles dames de Paris. Ça n'empêche pas que tu viens coucher avec moi toutes les nuits. Quand tu te roules dans mes draps, tu ne fais pas tant le fier.

Ses dernières paroles de colère bestiale se perdirent dans le vent. La voiture entraînait les deux touristes loin de la brutale créature, dans un roulement rapide.

Raymond crut devenir fou. Tandis que le visage de sa compagne de route se couvrait de pourpre brûlante, lui-même, au contraire, devenait pâle de honte. Une sorte de vertige, où s'exacerbait son acuité d'analyse, semblait faire choir sa raison dans un abîme. Mais le sol ne se déroba point pour l'engloutir. Les épaules ployantes, il demeurait face à face avec le regard ironique et courroucé de la jeune fille.

— Comment me faire pardonner ? implorait-il. Je suis victime d'une fatalité malheureuse. Je vous supplie de dédaigner cet incident inepte. Toutes les forces de ma volonté ne le pouvaient prévoir.

— Ce voyage s'annonce mal, lui fut-il répondu sèchement.

Ce fut ensuite la gêne d'un instant de silence embarrassé, traversé de méditations pénibles. L'homme se sentait sans verve. Depuis longtemps, le grand air qui aphrodisait son sang à force de le vivifier, le grand air lui fouaillait toutes ses forces viriles, dans le sens magnifiquement animal de l'action. La fougue de sa chair dérivait dans les bras plébéiens de la lourde, de la charnelle, de la matérielle, de la splendide garce bretonne. Il y a des moments dans lesquels l'imagination ne songe guère à subtiliser, à raffiner maladivement sur l'amour. Le corps s'acoquine avec le solide, le sain, le robuste. La naturelle originelle reprend triomphalement ses droits imprescriptibles.

Ainsi songeait-il, non sans amertume. Il se rendait compte que sa compagne de route ne jugerait pas cette malheureuse scène avec la même optique. Dans sa pensée naïve d'ingénue, elle ne verrait sans doute que le fait d'un homme d'une certaine classe, en apparence délicate de goûts, qui se dégrade et s'encanaille entre les bras d'une femme du peuple. Une jeune fille, selon lui, se rendait-elle compte de ces bonnes fringales masculines, dues à la générosité du sang ? Il se sentait retomber de haut, après l'exaltation d'une nuit citharisée. Le charme était rompu.

La voiture roulait toujours vers l'inconnu, conduite silencieusement par un gaillard taciturne.

Le ciel grisaille ne démentait pas la réputation du climat breton. Le grand air les glaçait. Le départ présentait donc quelque chose de désenchanté, de manqué, d'inintéressant, de triste, de malencontreux, dont Raymond tirait le plus fâcheux augure. Il craignait que sa compagne de route ne fût sur aucun point satisfaite. Il voulait ardemment le succès dans ce pèlerinage vers le Beau dans la nature. Il appréhendait l'impression première qui, indépendamment des circonstances, lui paraissait mauvaise. Il ne se trompait qu'à demi: la jeune fille ne regrettait point d'avoir accepté, mais il s'en fallait de peu. Le spleen pénétrait son âme sensible à toutes les petites impressions du dehors. Il lui semblait partir en exil, à l'autre bout de l'univers. Une vague nostalgie de l'hôtel semblait l'envahir. Il lui manquait ses jeunes amies et le far niente imbécile d'une journée sans but.

Elle se dérida un peu quand le break s'engagea en cahotant dans les sentiers ravinés. Elle s'amusait de sa propre peur. Des torrents découvraient le roc et la pierraille, au fond du sentier que suivait la voiture. De terribles ornières recevaient le choc des roues. Celles-ci rebondissaient à côté, en sauts de carpe, menaçant de projeter l'équipage et les voyageurs dans un fossé, dans un abîme. Le cocher, fatidique et muet, demeurait impassible.

Le sentier se poursuivait au fond de vallonnements bizarres, entre deux landes semées d'ajoncs, de bruyères violettes, de genêts d'un jaune intense.

— Allons-nous dans le pays des fées ? demanda la jeune fille étonnée de ces paysages.

Tantôt ils paraissaient descendre dans les gueules de l'enfer, tantôt ils paraissaient remonter et s'évader par une échappée d'azur.

Le charme étrange des milieux tourmentés opérait peu à peu, en même temps que la jeune fille s'habituait à la présence de son compagnon.

On entendit les mugissements de la mer. Les lames semblaient fuir je ne sais quoi, se redresser devant l'obstacle des falaises, reculer pour prendre leur élan, se précipiter, affolées ou furieuses, puis retomber, vaincues, dans un flot de mousse. Sifflant devant ce spectacle, des mouettes, des goëlands et des albatros fauchaient le ciel à grands coups d'ailes. L'embrun perlait dans l'air, jusqu'au visage des deux promeneurs, comme si la mer salivait à leur face. L'écume floconnait comme une neige légère, montait en l'air, retombait, indécise, comme à regret.

Ils descendirent par un tournant taillé dans le granit, fuyant les langues de la mer, qui essayait de les happer au passage. Des spirales d'eau tentaient de les cueillir, mouillaient leurs pieds pour les faire glisser. Hors d'atteinte, ils se cramponnaient aux aspérités du roc et s'engageaient vers la grotte qui présentait deux issues vers le large. Au milieu de cette déchirure profonde du rivage, ils se trouvaient sur une sorte de plate-forme, à quatre-vingt pieds au-dessus du niveau de l'eau furieuse, au-dessus d'un fluide d'une étrange couleur d'azur, d'un bleu strié de saphir sombre et crêté d'écume blanche.

Leur imagination n'avait pu pressentir à l'avance leur impression actuelle d'étonnement. Les mugissements du flot couvraient leur voix : ils se taisaient, immobiles, figés sur place par le grandiose de cette architecture abrupte, si différente du vulgaire trou noir qu'ils avaient cru rencontrer.

Ils s'assirent sur les rocailles humides d'embrun, contemplant à leurs pieds la fissure géante où se débattaient, dit-on, des pieuvres.

Etait-ce pour frapper l'imagination des visiteurs en rappelant la pieuvre de Gilliath et la grandiloquence de Victor Hugo, que les gens du pays affirmaient pareil fait ? Je ne sais. Je crois, toutefois, que ces bonnes gens parlaient sincèrement.

Pétrifiés dans une sorte de contemplation recueillie, les deux promeneurs sentaient s'émousser leur scepticisme parisien. Un trouble inattendu surgissait dans leur être. La formidable résonnance des voix de la mer leur donnait le vertige. Cette voix grossissait en sonorités musicales et puissantes, en hoquets convulsés, en grondements formidables.

Ils regrettaient de ne point voir surgir, de la vague frangée d'écume, quelque ondine ruisselante, quelque sirène au pervers sourire, quelque dieu marin à la large poitrine, aux pectoraux saillants, à la barbe spumeuse, maculée de limon, emmêlée de varechs et d'algues rousses.

Couché sur le flanc, à quelques pieds au-dessous de sa compagne, l'homme ne voyait que la tête de celle-ci. Une rocaille cachait le reste du corps. Les mains féminines se crispaient sur une arête vive de granit.

La jeune fille se penchait imprudemment pour regarder le gouffre. Son béret blanc tomba, fut ballotté un instant sur la vague furieuse, puis disparut. La lame, s'élevant comme une langue humide et gigantesque, avait giflé son visage et dénoué sa chevelure dorée. Ses lèvres décloses en rirent d'amusement, tandis que son visage sans corps regardait Raymond avec une expression nouvelle que celui-ci ne lui connaissait point.

— La voilà, l'éternelle sirène, dit-il gravement. Ce sont bien les mêmes cheveux couleur d'algue, les mêmes chairs nacrées, le même regard couleur d'eau profonde, avec les mêmes reflets indéfinissables, les mêmes tons changeants. Et la sirène me dirait de sa voix pure et cristalline de me jeter dans ce précipice que je n'hésiterais pas une seconde. L'abîme m'attire comme un regard de femme. Mon corps, pantelant et meurtri, serait broyé sur les arêtes vives des rochers, comme mon âme sur les arêtes vives de l'amour. Mon dernier cri d'angoisse ne serait pas plus aigu qu'un cri de volupté. Qu'importe ensuite si mes restes étaient happés par les tentacules visqueux des pieuvres, s'ils subissaient le contact immonde de leurs ventouses et si la mer en buvait avidement les déliquescences. Les sanglots de la mer ne seraient que l'écho des miens à travers l'éternité.

Il sourit d'un sourire amer et grave.

La jeune fille ne lui répondit d'abord point. Elle le regardait toujours fixement, avec un léger tremblement des lèvres et de la paupière. Elle songeait à l'incident du matin, à l'aubade furieuse de Malvina. Des jalousies la poignaient. Des curiosités nouvelles la ardaient. Elle désirait les caresses de cet homme, si superbement bestial qu'il lui fallait au pis aller descendre jusqu'aux charmes plébéiens d'une pêcheuse bretonne. Elle se sentait des poussées d'indulgence, et plus, des besoins d'approbation à l'égard de son compagnon. Elle éprouvait la tentation diabolique d'évoquer le souvenir de cet incident, ne fût-ce que pour faire connaître son pardon. En femme qu'elle était, elle s'engagea sur ce terrain délicat, sous une forme ironique et railleuse.

— *Votre sirène*, cingla-t-elle enfin en appuyant sur les mots avec un cruel sourire, c'est Malvina, la femme qui vous a salué ce matin, ce me semble.

— Vous croyez devoir railler... Je ne la désavoue pas... Cette réponse vous étonne et vous ne vous y attendiez guère... Malvina, ce n'est plus le songe creux d'un poète anémique, c'est la belle fille de la mer, la belle brute amoureuse aux chairs fouettées par la rafale et l'amour, la belle bête carnivore, fille et maîtresse des derniers Celtes, des solides gars de la vieille Armor. Cette paysanne vit dans mon rêve comme dans ma chair. La première fois qu'elle s'est offerte, sur la grève, à marée basse, au pied des rochers abrupts, dans un décor de Gustave Doré, je me suis rappelé les plus anciens Gaulois qui s'aimaient en face de l'Océan, au grand bruit des flots. Les âges passés ont défilé devant mes yeux. Je me suis vu le seigneur de jadis s'affalant avec la robuste serve, le chouan vendéen oubliant la révolte, le roy, les bleus et le bruit des balles dans la sauvage et pleine possession de la femelle. Vous l'avez dit, Malvina a été ma sirène, car les sirènes n'existent que par l'imagination des hommes. Malvina m'est apparue comme telle, un matin que dans une crique écartée où elle se croyait seule, je l'ai vue sortir nue et ruisselante du bain.

— Ses mains sentent le poisson.

— Ses mains sentent bon l'odeur salubre de la mer.

— Tout à l'heure, je me considérais comme flattée d'être comparée à l'éternelle sirène. A ce moment, je m'en trouve presque blessée, puisque je ne vous inspire pas d'autre sujet de comparaison que Malvina.

— Je vous demande bien pardon : c'est vous-même qui, la première, m'avez présenté ce point de comparaison. Il n'y avait rien à contredire. Après tout, je vais droit à qui m'aime et m'ouvre les bras.

— Malvina, c'est la fausse sirène, celle qui ne chante pas.

— Malvina, c'est la vraie sirène, celle qui, clame l'amour et appelle les hommes... Au surplus, pourquoi donc ce nom revient-il si souvent sur vos lèvres ?

— Oh ! Je n'en suis pas jalouse.

— On pourrait presque le croire, mais je n'aurai jamais ce bonheur, qui m'affolerait.

La jeune fille releva la tête d'un air surpris. Les cils battirent rapidement sa paupière inférieure, d'une sorte de petit frémissement convulsif. Les derniers mots de Raymond retentissaient dans son esprit comme une révélation. Ce garçon l'aimait donc ? Se méprenait-elle sur l'intonation de cette voix à la fois grave et suppliante ? Se trompait-elle sur ce regard si fier et pourtant si humble ?

Pour cacher son propre trouble, elle changea la conversation.

— Il est l'heure de remonter, dit-elle simplement, je vous précède.

Elle se rappelait maintenant mille détails circonstanciés, certains regards, certains balbutiements inattendus qui trahissaient l'émotion de cet homme. Comment avait-elle pu haïr si longtemps ce gaillard sentimental, à la fois énergique et doux ? Ce Raymond était décidément un charmeur, non d'un charme superficiel qui s'impose au premier abord et disparaît pour ne plus revenir. Chez certains, le fond de l'esprit apparaît trop vite et montre sa pénurie. Il ne faut pas pénétrer certaines âmes, de peur d'en apercevoir le vide lamentable dissimulé sous une brillante enveloppe et habillé de clinquant. Le charme de Raymond agissait lentement, mais sûrement, implacablement même, comme certains philtres de l'antiquité légendaire. Malgré son regard magnétique et sombre, les femmes revenaient toujours à lui, pareille aux enfants qui frissonnent d'effroi en écoutant les contes des fées, mais importunent leurs grand'mères pour en entendre encore.

— Puisque je suis la sirène, dit la jeune fille, je vais chanter la *chanson des sirènes*.

Dans le grondement grave de la mer, elle se mit à prononcer de magiques syllabes, d'une voix de soprano dont les notes aiguës prenaient une intensité singulière :

> Brise légère, harmonieuse,
> Qui vient de la mer langoureuse,
> Porte vers l'imprudent mortel
> Notre appel.

Le bruit de la lame, comme un motif de harpe, accompagnait sans la couvrir la magnifique résonnance de cristal de ce bel organe féminin.

> Près de nous,
> Comme en rêve,
> L'heure est brève,
> Viens à nous.

L'ondulation *notée* des vagues fluides sur les grèves se retrouvait dans le frémissement de cette voix :

> Nous donnons des baisers de flamme,
> Des baisers d'où s'exhale l'âme,
> D'àpres baisers qui font languir
> Et mourir.

Déjà les reflets du couchant, prismatisés par la mer, répandaient sur les objets des tons d'une richesse inouïe.

> Nos amours,
> Nous si belles,
> Nos amours
> Sont mortelles.

> Viens cueillir des fleurs d'algues roses,
> Ce sont nos lèvres demi-closes,
> La vague est notre lit bleuté :
> Volupté !

> Un baiser
> Bien attire.
> D'un baiser
> On expire !...

Ainsi modulait-elle ce chant passionné des sirènes, avec des notes claires.

Elle sortit de la grotte. Dehors rutilaient des couleurs éblouissantes, d'un incomparable éclat. Rarement coucher de soleil sur la mer s'était gemmé de tant de parure. Qu'en importe d'ailleurs la description, qui échappe à tout artifice de style ? Que le lecteur veuille bien évoquer au plus profond de lui-même des impressions anciennes, de celles qu'il s'imagine avoir le plus fortement ressenties. Qu'il rattache à ses souvenirs les plus profonds une harmonie de transparences violettes, roses, azur et or, sur un ruissellement de pierreries marines, sur une vibration de serpentements lumineux.

Assis sur les rochers, devant l'immensité diaphane, les deux promeneurs demeuraient pensifs et muets. Du rêve germait dans leur pensée, du rêve informe et flou qui ne demandait qu'à se compléter, se condenser, prendre corps, se fixer dans des paroles, s'exprimer avec un sens précis. Le trouble encore obscur de tout leur être se laissait pénétrer peu à peu des clartés extérieures. La lumière métaphysique naissait sous l'influence de la lumière matérielle.

Lentement les reflets s'éteignaient comme sur un vieil émail, s'amortissaient en demi-teintes délicates, finement subtiles, prodigieusement nuancées. Le crépuscule enveloppait le paysage de mystère, environnait les objets du nimbe insaisissable de la poésie.

A l'instar des habitants de l'antique Armor, ils subissaient le prestige des forces de la nature, que les Celtes ont d'ailleurs divinisées. Les Gaulois n'avaient-ils pas adoré le soleil, le feu, l'eau, le vent ? Comme dans les croyances bretonnes, qui se sont perpétuées à travers les siècles, ils ont cru que les arbres eux-mêmes abritaient dans le mystère de leur végétation des esprits bienfaisants ou nuisibles. Des fées voltigeaient dans les airs, des enchanteurs se cachaient dans l'épaisseur des bois ombreux.

Comme le *Zeus* tonnant des Grecs et le *Jupiter* des Latins, le *Tarann* gaulois déchaîne le tonnerre sur les hommes. Il est le Dieu du ciel *Bel* ou *Belen*, c'est la chaleur, qui génère la vie. La nature tout entière se divinise, à l'instar de l'âme humaine. Placez en sa présence deux troubles, celui d'un homme jeune dont rien ne peut refréner les aspirations complexes de son intelligence, celui d'une vierge dont le cœur s'ouvre à la vie, et il en résultera la sublime entente de l'amour.

Ils oubliaient l'heure insoucieusement, pendant que toutes les lyres de la solitude chantaient dans leurs deux âmes.

Si longtemps ils demeurèrent, rêveurs, silencieux, que lorsqu'ils songèrent à partir, le soleil agonisait dans un bain de sang coagulé, déjà noirâtre.

La fraîcheur relative de la journée fut suivie d'une chaleur lourde. Des nuages de plomb semblaient couver la terre.

Les deux touristes remontèrent en voiture. A peine se retrouvaient-ils dans les landes ravinées qu'un orage épouvantable éclata.

La voiture n'avait point de capote. Le conducteur s'enveloppa d'une vaste limousine. Raymond avait eu la précaution d'emporter une immense et lourde pélerine, caoutchoutée extérieurement. Il pria la jeune fille de s'en revêtir. Elle n'eut pas l'égoïsme d'accepter pour elle seule. Il la revêtit, en fit une sorte de tente dont son corps composait le point d'appui. Sa compagne se trouva blottie avec lui là-dessous. Elle se fit toute petite et s'appuya sur la poitrine masculine, dont elle entendait palpiter la large et puissante respiration.

La voiture roulait à toute vitesse, en soubresautant, tandis que le tonnerre éperonnait le cheval et que les éclairs lui faisaient faire par à-coups les plus dangereux écarts.

La pluie tomba, perlant sur la pélerine, tambourinant avec rage, clapotant rythmiquement.

La jeune fille se pelotonnait pour tenir le moins de place possible. Appuyant bien franchement la tête sur les genoux de son compagnon, dans une sorte de lassitude énervée, elle éprouvait une sorte d'âpre plaisir à se sentir protégée et abritée par celui que, naguère, elle haïssait à tort et à travers. Comme elle se trouvait intimidée, elle en frissonnait délicieusement. Elle aimait l'odeur de ses vêtements et de son corps, devinait la fine musculature de ce beau torse, en comprenait la puissance vitale et l'énergie.

Des cahots terribles lui faisaient craindre pour la stabilité de la voiture, et la jeune fille poussait des petits gémissements d'épouvante à chaque écart de la rossinante, à chaque éclat du tonnerre. Elle s'attendait à verser dans un ravin, à se retrouver, toute meurtrie, au fond d'un fossé, au fond de quelque précipice bien romantique, dans un décor à la Walter Scott. Mais, comme elle se trouvait toute matelassée par l'étreinte de son guide, qu'émouvait peu la furie des éléments, elle se reprenait à se rassurer.

Soudain le break s'arrêta. Le conducteur frappa sur la pélerine, sous laquelle se blottissaient les deux touristes.

— Déjà ! s'exclama la jeune fille.

— Non, répondit le voiturier, mais j'ai bifurqué vers le village le plus rapproché. Il était temps : le cheval refuse d'avancer. D'ailleurs il y avait danger pour notre vie.

— Et qu'allons-nous faire ?

— Voici une auberge. Il faut bon gré mal gré passer la nuit là. Par la nuit noire, il n'y aurait plus moyen de retrouver la route. En tous cas, nous risquerions d'être foudroyés ou précipités. Pas moyen de choisir.

Tous les trois se trouvaient contraints de se résigner devant un cas de force majeure, d'autant plus que les accidents se succédaient fréquemment dans ce pays accidenté. C'était une série noire. Huit jours auparavant, une charretée d'Anglais versait dans un ravin profond. Les survivants demeuraient éclopés pour le restant de leurs jours. Lors du dernier orage, la foudre frappait deux religieuses sur la route. Aucun miracle ne sauvait les deux protégées de Dieu.

Nos trois pélerins s'attablèrent ensemble, sans façon. Ils se firent servir la traditionnelle omelette au lard par une famille de braves gens d'aspect cordial. Tous portaient encore l'ancien costume breton, ce qui faisait pâmer d'aise Raymond. Par exemple, l'auberge ne comportait en tout que deux pièces, une chambre au rez-de-chaussée qui servait à elle seule de cuisine, de salle à manger, de chambre à coucher ou pour mieux dire de dortoir. La deuxième chambre composait le premier et unique étage. On la réservait aux voyageurs.

La famille entière couchait en bas, dans un pêle-mêle et une promiscuité tout bretons. Ils décidèrent, après maints pourparlers, d'installer le voiturier dans la salle commune et d'envoyer là-haut leurs deux pensionnaires parisiens.

Devant l'inattendu scabreux d'une pareille situation, ces derniers se jetaient des regards inquiets. Raymond, pour dissimuler son trouble, prenait l'air stupide.

On leur remit une chandelle de suif, aux deux tiers consumée, à demi fondue et encrassée dans un ignoble bougeoir de cuivre vert-de-grisé, bossué, éculé. On les conduisit au premier étage, où se trouvaient deux lits primitifs. On leur souhaita naïvement le bonsoir, sans voir mal à pareille situation.

Assez émus, ils s'assirent l'un en face de l'autre, s'efforçant chacun de prendre un ton indifférent et naturel.

Dehors, c'était toujours la symphonie grandiose du tonnerre et du vent.

— Voilà, disait Raymond, une véritable aventure de roman, une aventure que rien ne faisait présager. Cette surprise est peu banale. Analysons-la. Vous vous trouvez enfermée en tête-à-tête avec l'ennemi, car je sais que je ne vous suis pas sympathique, et vous voilà obligée de passer une nuit entière dans la même pièce que moi, en ma présence odieuse. Imaginez la brebis dans la même cage que le loup. Vous serez vaincue par l'extrême fatigue. Vous dormirez d'un sommeil inquiet, agité, fébrile, avec une pointe de cauchemar dans vos rêves. Et dans vos réveils, vos nerfs se tendront au bruit de mes mouvements, au souffle de ma seule respiration. Moi-même, j'aurai peur de vous inspirer la peur. Je tremblerai de vous savoir trembler. Je me ferai pareil à un petit garçon battu pour que vous éprouviez un malaise moindre. Je ne sais comment m'excuser d'avoir été aussi mauvais devin, de n'avoir point prévu la tempête, de ne l'avoir point pressentie à d'imperceptibles prodromes, à d'impalpables et invisibles signes, à je ne sais quel état mystérieux de l'air... Vous ne répondez pas.. vous me boudez.

Au fur et à mesure qu'il prononçait ces paroles, sa physionomie s'animait. Ses tempes se coloraient d'incarnat. Ses yeux brillaient étrangement, mais leur expression perdait sa terrible dureté. Cette expression devenait tendre et protectrice. Sa voix chaude et enveloppante extériorisait une âme délicate et fière. Son visage, transfiguré par la chaude intimité de la conversation, s'imprégnait alors d'une grave et d'une mâle élégance.

— C'est curieux, pensait la jeune fille, plus on le connaît, plus on se laisse conquérir. De cet homme émane quelque chose de plus beau que la disposition des traits. Ses attitudes et ses manières sont d'une distinction exquisement raffinée, sans compter cette réelle douceur de l'être intime, dont on ne s'aperçoit qu'à la longue.

Aussi lui répondit-elle enfin.

— Je ne vois pas pourquoi vous vous excusez. Cette équipée dans ma vie sera inoubliable. Chaque heure a apporté avec elle un charme nouveau. Jamais je n'avais assisté à un pareil crescendo d'émotions en moi-même. Toutes les beautés naturelles que j'ai vues et comprises m'ont à la fois surexcitée et brisée. Il me semble qu'aujourd'hui j'ai vécu dix ans, mais il me semble également que la journée n'a duré qu'une heure. Une fenêtre s'ouvre dans mon esprit sur une vie nouvelle, que jusqu'alors je ne comprenais point. Je voyais trop l'humanité avec l'optique banale d'une Parisienne à cervelle d'oiseau, d'une flirteuse de plages et de salons. Pour compléter la fête, il a fallu cet orage et les incidents qu'il détermine, quelque chose de très romanesque et de très cinquième acte d'opéra-comique. Seulement, il s'agit dans le cas présent de la réalité et non de la fiction. Cela me trouble, me grise et m'affole. C'est je ne sais quoi d'inéprouvé, de jamais vécu et de délicieux, avec des réminiscences toutes fraîches de musique pour angéliser mes sensations.

Elle se leva et fit nerveusement quelques pas dans la pièce. Une émotion étrange secouait tout son être de houles et de palpitations.

— Tout me plaît ce soir, continua-t-elle d'une voix fébrile, oppressée, sifflante et qui haletait. Tout me déplaisait ce matin. Ces murs blanchis à la chaux me plaisent. Ce crucifix me touche, et aussi ce rosaire qui l'entoure, et aussi ce rameau de buis jauni. On sent qu'on est chez de braves gens, quoique un peu primitifs, et non dans un coupe-gorge. Voyez cette statue de la Vierge, blanche et bleue, sur cette commode qui mérite si peu son nom. C'est quelque Notre-Dame des Flots, quelque Notre-Dame de Grâce ou de Bon-Secours, l'éternel fétiche, l'éternelle poésie. Sa ceinture est bleue comme la mer, et des étoiles scintillent sur son manteau d'azur. Voyez ce parquet bien blanc. On a médit des Bretons et de leurs Intérieurs, mais regardez comme ils entendent l'hospitalité. Et cette exquise naïveté, ce bouquet de fleurs d'orangers sous un globe. C'est ridicule et touchant. Et cette bonne odeur de vieux meubles et de renfermé !

Raymond ne connaissait pas la jeune fille sous cet aspect d'exaltation. Moins convaincu, il regardait d'un œil attristé l'aspect misérable et pauvre de la pièce. Le bougeoir fumeux répandait une odeur nauséabonde. L'humidité suintait le long des murs. Des relents de moisissure, de vêtements trop portés, de linges mal séchés, rancissaient l'air. L'homme s'étonnait des contradictions de l'esprit féminin et cherchait en vain à comprendre.

Avec un balai qui traînait dans un coin, il détruisit une énorme et sordide toile d'araignée, tout empoussiérée, pendant que la jeune fille exhalait tout son plaisir. Il s'accouda ensuite, rêveur, contre le marbre glacé de la commode. Cette intimité de quelques heures avec celle qu'il adorait, le rendait indiciblement heureux. Ce bonheur mélancolique chantait en lui,

auréolait et nimbait son visage. Il écoutait cette prenante voix féminine, si
pure, si franche et si claire. Il laissait s'épancher cette âme impulsive,
contradictoire et charmante. Il savourait en quelque sorte une joie inquiète
d'amant qui espère se réconcilier avec une maîtresse infidèle.

— Je ne sais pourquoi, poursuivait la jeune fille, je vous déteste bien
sincèrement et je suis heureuse de me sentir près de vous. Quand je vous
regarde, tout mon sang se fige comme si je me trouvais en présence de
quelque ennemi pressenti, de quelqu'un qui influera sur toute mon existence, sur toute ma destinée. Il est vrai que tout est contradiction en moi-
même, depuis quelques jours. Considérez-moi comme une écervelée, une
simple folle, dont l'imagination crée à tort et à travers des énigmes, pour
les embrouiller à plaisir. Je me demande si quelque crise, d'une nature
insoupçonnée et obscure, ne va pas me secouer, s'emparer de tout mon
être moral, le jeter vers des révélations nouvelles de la vie ou plus vraisemblablement vers quelque abîme. Après tout, vous êtes peut être l'innocente victime de cet état d'esprit qui m'angoisse. Voilà pourquoi peut-être
je ne vous ai point trouvé sympathique lorsque je vous ai vu, pour la première fois. Vous possédez visiblement toutes les qualités distinguées d'un
homme supérieur, et cependant, malgré que les circonstances m'ont fait
vous connaître, mon antipathie s'est transformée en haine et en aversion.
Cette antipathie devrait régulièrement se transformer en indifférence.

Son interlocuteur la regardait d'un air navré. Un flot de larmes lui
obscurcit soudainement la vue.

— Si encore vous aviez quelque reproche à m'adresser, répondit-il en
s'efforçant de soutenir la fermeté de sa voix et en affectant de regarder
attentivement la statuette de la Vierge. Il pensait prêter ainsi à son visage
une expression d'impassibilité indifférente.

— Je ne vous ai pourtant rien fait, continua-t-il. Ce que vous me dites
là me fait du mal inutilement. Je quitterai ce pays maudit et je changerai
mon séjour de villégiature et je vous oublierai, car j'ignore jusqu'à votre
nom.

— Mon nom ? Je m'appelle Rosemonde. Je ne veux pas de votre surnom
grec de Tanagra.

— Dès demain, je ferai mes préparatifs, je fuirai je ne sais où, je vous
laisserai le champ libre.

— Mais ! Vous n'avez pas à vous occuper de ma présence. Que vous importe l'impression que vous produisez sur le premier voyageur venu dans
l'hôtel dont vous êtes pensionnaire ? Je ne suis que cela pour vous. En
vérité, vous m'amusez ! De quel droit vous ferais-je partir ? Je ne suis
pas suzeraine dans cette île et cette île me semble d'ailleurs assez
grande pour nous contenir tous les deux. Vous n'êtes pas descendu chez
moi, ou chez les miens, mais à l'auberge.

— Sans doute. Mais je ne puis vous considérer comme une passante
quelconque sur ma route. Toutes les forces de mon être s'y refusent. Il vaut

mieux dans ces conditions que je parte, non pour vous, mais pour moi, afin de retrouver la liberté d'esprit que j'ai perdue.

— Non ! je ne veux pas que vous partiez : vous m'entendez bien. Ne quittez pas ce pays. Restez auprès de moi, car si je ne vous sentais plus là, il se ferait autour de moi comme un grand vide... Oh ! ne cherchez pas à comprendre : je ne me comprends point moi-même. Je vous hais, mais cela ne ressemble pas aux haines vulgaires, aux haines de tout le monde. La mienne n'est pas tout à fait l'odieux sentiment que vous connaissez, mais je ne saurais la définir. Cette haine finit par ressembler à tout, sauf à ce qu'elle doit être par définition. Elle est même teintée de jalousie, depuis ce matin. Je ne puis analyser mon état d'esprit, n'étant point psychologue. C'est quelque chose d'obscur dont le problème me tue. Cela ressemble à de la crainte, de l'angoisse, de la gêne, du vertige, de la folie, de l'*amour*... j'ai bien dit de l'amour... je crois qu'à mon insu j'ai trouvé le mot juste. Je crois, à partir de cette seconde même, que je vous aime.

Ces derniers mots partirent dans un sanglot. Elle respira largement, par saccades précipitées, pour ne pas étouffer, tandis que Raymond se redressait, les muscles pectoraux gonflés sur sa poitrine sous l'effet de sa poignante émotion. Sa taille semblait grandir. Mais il étouffait à son tour. Un sanglot étreignait également sa gorge.

Enfin, il s'approcha timidement de la jeune fille, indécis, n'osant croire à quelque soudain bonheur. Son regard suppliait. Elle s'avança, et d'un mouvement brusque cacha sa tête dans le sein de l'homme, mouillant de larmes sa chemise de fine soie.

— C'est donc bien vrai, murmurait la voix virile, je dois donc croire mes yeux et mes oreilles. Votre âme m'appartient donc. Vous deviendrez donc mienne tout entière, rêve que je croyais vain, que je croyais vide, que je croyais fou. Mon désir ardent se possibilise. J'obtiens ce que je n'osais espérer. Des romans peuvent donc se vivre dans la vie, c'est-à-dire ailleurs que dans les livres ou que sur les scènes de théâtre ?

— Est-ce que le mot amour n'est pas gravé au fronton de toute âme de femme, même quand cette âme s'ignore, s'écoute, s'étudie et cherche en elle le secret de sa propre énigme ?

— Et les circonstances vous ont fait découvrir le secret de la vôtre.

— Vous venez de le dire. Je vous aimais sans le savoir, sans m'en rendre compte, sans m'en douter. N'ayant jamais connu l'amour, je ne trouvais pas de point de repère dans mon esprit. L'épisode de Malvina m'a aidée à faire cette découverte : je m'étonnais de ma soudaine jalousie. Il me semblait que vos caresses n'étaient point faites pour elle, mais pour une autre, pour un corps plus délicat, pour moi enfin. Je suis surprise de la hardiesse de mes paroles dont les syllabes fusent malgré moi de mes lèvres, ce soir. Il y a des moments dans lesquels une âme s'exhale malgré elle. Je vois clair en moi depuis un instant à peine, depuis que mes lèvres ont prononcé, comme d'elles-mêmes, ce mot délicieux d'amour, ce mot imprudent que je n'ai pu retenir parce qu'il me contient toute, qu'il déborde de tout mon être, de toutes mes facultés. L'angoisse fermentait et bouillonnait en moi. Comme l'orage, c'est la tempête qui passe dans mon cœur comme sur la mer.

— Vous pleurez et je sens que moi aussi, je pleure comme une femme, comme un enfant. L'immensité, qui nous étreignait tout à l'heure devant l'océan, est moins grande que mon amour. Pour la première fois, il m'est permis enfin d'en soulever le voile. Un seul mot tombé de vos lèvres a calmé l'orage qui grondait dans tout mon être, qui le bouleversait jusqu'à la souffrance, jusqu'à la folie. Il me semble que mon cœur se dilate, se gonfle et devient comme plus grand pour contenir plus de passion. Oh ! vos larmes, je les tarirai d'un baiser sur vos paupières. J'en mouillerai mes lèvres, j'en goûterai âprement le sel si amer et pourtant si doux. Et quand la fatigue vous aura brisée, je serai l'amant craintif et délicat qui bercerai doucement votre sommeil. Je ferai sourire vos songes, mais je vous ferai aspirer à une réalité si douce que vous aurez hâte d'être réveillée.

Dehors la tempête faisait rage. Le vent strident sifflait dans la cheminée. C'était comme le passage d'une artillerie infernale, avec des cris aigus, des roulements de roues, des fouettements de lanières, des éclatements de bombes, des hurlements, des râles.

Les volets claquaient. Les vitres tremblaient. La nature frémissait toute de la convulsion des éléments.

Des éclats de tonnerre effrayants emplissaient l'espace, tandis que, dans la chaumière, la voix de l'homme résonnait, caressante et grave. Ce beau timbre d'airain pénétrait, laissant du rêve après chaque syllabe. Chez la jeune fille, l'émotion nerveuse se calmait tout doucement. La crise de larmes se passait. Elle se laissait bercer, anéantie, heureuse.

Enfin, la voyant prostrée :

— Vous avez besoin de sommeil, enfant malade. Couchez-vous et dormez. *Le marchand de sable a passé.* C'est l'heure d'aller au pays des songes. Bien le bonjour à Mesdames les fées... Oh ! regardez-moi encore de ce regard-là. Mon Dieu ! qu'il est beau ! Chacune de ses nuances, d'une expression différente, est comme une fleur délicate que je cueille et que je dépose sur mon cœur. J'en recueille des gerbes pour embaumer mes insomnies. Leur parfum, qui est celui de toute votre personne, m'enveloppe et me pénètre. Il me semble que je suis un être nouveau.

Il tira de son petit doigt la bague au chaton d'aigue-marine, qu'il avait trouvée, il y a quelques jours, sur les galets.

— Voici le talisman qui m'a permis de vous adresser la parole pour la première fois. Ce talisman vient de la mer, qui me l'a envoyé. Il en a le nom, la couleur et les reflets. C'est la mer qui nous a rapprochés et nous a fait nous comprendre, grâce à la sauvage beauté de ses aspects. Conservez donc ce bijou. Il deviendra, si vous pensez de même, l'anneau de nos fiançailles.

Raymond lui prit la main et glissa doucement la bague sur l'annulaire de Rosemonde.

— Maintenant, dormez, câlina-t-il en la baisant sur les tempes. *La tempête est passée.*

La chandelle de suif agonisait dans le chandelier vert-de-grisé. La flamme s'éteignit brusquement. Ce fut une obscurité profonde.

Dehors, l'orage se taisait. Il se fit un grand silence.

La jeune fille se déshabilla d'un tour de main, se coucha et, foudroyée par la fatigue, s'endormit aussitôt, d'un sommeil paisible et calme.

L'homme se dévêtit discrètement et s'installa dans l'autre lit. Bien à son insu, il ne tarda pas à imiter sa voisine.

Ce fut lui qui se réveilla le premier.

Très doucement et très vivement, il s'habilla pour éviter le ridicule d'être aperçu en chemise et en caleçon. Il procéda à ses ablutions et compléta sa toilette à la hâte, avec le moins de bruit possible.

Cela terminé, il revint près de la belle endormie, contemplant la splendeur triomphante de son jeune sommeil. Il la trouvait saine et fraîche. La lymphe ne gonflait point ses paupières et ne bouffissait point ses joues. Son haleine pure et ambrée chauffait par souffles rythmés le visage viril, encore refroidi par l'eau des ablutions matinales.

Elle dormait comme Diane lasse d'une longue chasse, comme Anadyomène sur l'écume des flots. En subissant le charme de ses attitudes, Raymond sentait se réveiller en lui le compositeur. Il entendait naître dans son cerveau des harmonies douces, des bercements lointains, des balancements aériens de feuillage, des trilles pâmés d'oiseau, des mélodies aux notes longues, fondues, déliées comme une goutte de sang dans l'eau d'une source.

Le sein nu de la jeune fille marquait de ses palpitations la cadence lente de cette musique enchantée, créée dans les profondeurs de ce génie obscur.

Se réveillant, elle fut surprise de voir Raymond debout à son chevet, pensif et souriant à son réveil. C'était bien ce même sourire de sortilège qu'elle reconnaissait, ce sourire qui faisait remonter la chair vers les pommettes, adoucissait les contours du visage en les arrondissant, illuminait l'expression de la physionomie.

Heureuse, mais un peu confuse, elle ramena instinctivement les couvertures sur sa gorge, cachant son sein empourpré, d'un joli geste de ses bras nus.

— Bonjour, modula-t-elle d'une voix de tête, est-il tard ? A l'hôtel, on doit être horriblement inquiet.

S'il était tard ? Les dix heures du matin sonnaient à quelque cadran.

Après quelques paroles de salutation gracieuse, Raymond descendit pour laisser la jeune fille faire sa toilette.

Quand elle le rejoignit, le breack, qui les attendait, se remit en marche. Le ciel, purifié, printanisé, ne présentait pas une seule macule blanche.

L'azur profond resplendissait comme une âme vierge. Encore toute frissonnante, la végétation plus verte étirait ses feuilles et secouait ses dernières gouttelettes d'humidité. Des perles d'eau tombaient des branches. D'autres se fondaient dans le vent léger.

Chemin faisant, la voiture rencontra la famille de Rosemonde, accompagnée de toute la coterie des petites amies. L'anxiété commune s'évanouit dans un seul cri joyeux :

— Les voilà !

Il est vrai qu'avant de trop s'éplorer à tort et à travers, toute la parenté avait bien compris que les deux promeneurs s'étaient prudemment abrités contre la tempête. Leur arrivée fut néanmoins saluée avec bonheur.

Comme épilogue de cet incident, Raymond Barban épousa Rosemonde deux mois plus tard.

Ce sont les deux mêmes personnages que nous retrouvons, après quatre ans de vie commune, dans le verdoyant ermitage de Sainte-Angélie.

VI

Quatre années de mariage ! C'en est deux de plus qu'il ne faut pour aboutir à la crise de la satiété physique et morale. L'attrait du mystère, du nouveau, de l'inconnu, s'est envolé. Le prestige de chacun des conjoints se trouve détruit par la continuité de la vie intime. Les velléités d'adultère mûrissent. Le divorce est là qui guette les rancœurs et les dégoûts.

Pourtant, à l'époque à laquelle nous retrouvons nos deux personnages, ces quatre années venaient de s'écouler depuis le premier jour de leur vie commune. L'amour ne sonnait point son glas. Ce laps de temps leur paraissait gagné pour le bonheur, cette abstraction insaisissable, dans la mesure de ce que le Destin exécrable a bien voulu laisser à notre triste humanité. L'ancienne passion mutuelle, amortie en exquises demi-teintes, ne cessait de chanter dans une délicate symphonie.

Dans le jardin de leur ermitage, ils s'asseyaient l'un à côté de l'autre, inertes en apparence comme des ruminants dans la prairie. Assis sous un tilleul en fleurs, ils passaient des heures longues et délicieuses à s'absorber dans une sorte de vie contemplative, suffisamment traversée par l'action. Des odeurs fines et naturelles grisaient leurs sens aiguisés par la pureté de l'air. Leur vie paresseuse était pareille à celle de Jean-Jacques Rousseau à Ermenonville.

Pareils aux sensitives, un rien suffisait à émouvoir leur sensibilité physique et morale, à remplir leur existence, à mettre obstacle à l'ennui. Après les fatigues de l'hiver et du printemps parisiens, ils s'accommodaient à merveille de cette oisiveté dans laquelle ils trouvaient le repos, la santé et l'équilibre de leurs facultés.

Ils se roulaient sur des tapis de gazon, comme de très jeunes amoureux, effeuillaient des marguerites, arrachaient des pivoines pour se les jeter à la tête, buvaient des orangeades, dessinaient des pastels, lisaient des romans, épluchaient de la salade, déclamaient des vers, s'aimaient en plein air avec des attitudes de bêtes, cueillaient des framboises, se baignaient tout nus dans le bassin. Péricaude, leur vieille servante, s'accoutumait à toutes leurs excentricités et cessait de s'étonner ou de geindre. C'était la vie des satyres ou des œgipans de la mythologie grecque, dans les bocages sacrés. Rosemonde jouait à la nymphe, à la dryade, à la naïade et son conjugal amant jouait au Jupiter faunesque et lubrique de la fable païenne.

Autour d'eux, un décor de *Paradou* enchantait leurs yeux d'artistes. D'abord le décor tout enlierré, tout empampré du pavillon, avec des retombées de clématites et de roses grimpantes. Puis c'était, en circuit, des bouquets de cytises aux thyrses jaune d'or ; des éplorements vert tendre de saules ; des élancements de hauts sapins, la tête en cône ; des colonnades de hêtres gigantesques ; des fonds épais, sur un deuxième plan, d'arbres d'origine autochtone ou étrangère, des érables, des sycomores, des coudriers, des marronniers d'Inde, des châtaigniers, des charmes, des noyers, des platanes, des bouleaux. Le soir, la ramée s'imprégnait de mystère. Les peupliers tremblaient. On entendait des gémissements dans les hautes cîmes. L'ombre idéalisait les paysages.

C'était un enchantement nouveau qui ne démentait pas leurs espérances échafaudées à Paris, au déclin de l'hiver mondain. Ils ne concevaient point d'émotion nouvelle l'un sans l'autre. Toutes les aspirations de leurs deux personnes convergeaient vers ce désir unique, le bonheur de *l'autre*. Ils voulaient chacun le prolonger indéfiniment, au delà de la durée normale chez l'humanité. L'art du mari, aidé par une intelligence supérieure, servi par une science complète de la vie (il s'était marié à trente ans), reculait indéfiniment la lassitude réciproque. La maturité de leur amour ne tournait pas à l'aigre, mais fondait en miel, grâce à une abnégation raisonnée du *moi*. L'amour devenait donc chez eux une étude, un fanatisme, une science acquise, un dilettantisme, un art. Au moral comme au physique, cela nécessitait un doigté fort compliqué. Il fallait éviter la satiété. Le plus expert, l'homme, d'un tact aigu et pénétrant, alliait en virtuose la psychologie de la femme que lui avait enseignée une expérience passée, et la psychologie plus délicate encore de deux sexes, l'esprit et la chair.

Toutefois, l'homme propose et Dieu dispose, comme dit le moins stupide des proverbes. Que deux âmes chantent à l'unisson, comme deux instruments de musique entre les mains d'artistes experts, n'arrive-t-il pas que, sous des causes imprévues, de fausses notes retentissent, les cordes d'un clavier ou d'un violon se fatiguent ?

Jusqu'à présent, rien ne faisait craindre ce malheur ou cette déchéance.

Dès les premiers jours de son mariage, l'incroyable prestige de Raymond dominait, à force de fermeté tendre, la créature artificielle dont Paris avait pu vicier les qualités natives. Il en avait fait peu à peu une Desdémone idéale, mais une Desdémone que ne torturerait jamais, croyait-il, la jalousie ténébreuse d'un Othello. Le mari avait réussi dans le lent et difficile travail d'adaptation de deux caractères l'un à l'autre. Cela s'était passé sans heurts, sans secousses, comme une valse bien dansée. L'homme modelait l'intelligence féminine au gré de la sienne, s'emparait d'une personnalité pour la résorber dans sa propre volonté. Il devenait le dieu que l'on adore, que l'on consulte, que l'on prie, auquel on demande sa protection. Il l'emportait sur les madones des autels et sur les christs des calvaires par la supériorité de pouvoir répondre. Il n'était pas plus impuissant, mais bien au contraire plus actif. Il n'avait ni leur surdité, ni leur cécité, ni leur immobilité. Quelle revanche de l'homme sur les idoles et toutes les images du divin, qui sont faites de matière peinte, de pierre, de plâtre ou de bois !

Il importe qu'on sache bien cet ascendant de l'époux sur l'épousée. Ainsi, il avait pu combattre certains préjugés d'éducation, certains égoïsmes, certaines idées ultra-modernes, par la seule influence de son affection persuasive. Après quatre ans de mariage, ce lien de l'amour, au lieu de se relâcher, acquérait cette trempe vigoureuse qui le rend indissoluble.

Telle était leur situation respective, au moment où s'ouvrait ce récit.

Or, il y avait trois jours qu'ils s'étaient installés à Sainte-Angélie.

Un matin, Rosemonde traversait la petite ville, allant faire je ne sais quelle course, je ne sais quel achat. A cet endroit qui débouchait sur la large campagne, la rue se composait de deux anciens murs sans fin, avec des jardins de l'autre côté. Des guirlandes de lierre pendaient et s'enchevêtraient du côté de la rue, au milieu de plantes parasites poussées dans les fentes des pierres. Au dessus de la tête des rares passants, des hêtres se rejoignaient en ogive.

La jeune femme traversait cette solitude, tout imprégnée du silence provincial, lorsque soudain une très élégante et très noble silhouette d'officier de chasseurs lui barra le passage.

C'était le beau comte de Guérannes qui la guettait depuis trois jours. Très fat, le lieutenant de Guérannes croyait comprendre à certains regards captés au passage les jours précédents, qu'il était particulièrement remarqué de la troublante inconnue. Habitué aux conquêtes faciles, entreprises toutes d'une certaine manière, il dissimulait dans sa main une carte de visite armoriée dont il escomptait habilement le prestige.

— Derrière le marché... à neuf heures... ce soir, souffla-t-il d'une voix brève.

D'un geste brusque et rapide, il glissa le carton de bristol dans la main de Rosemonde. Avant que la jeune femme, interloquée et stupéfaite, eût pu prononcer une syllabe, il était déjà loin. Il s'esquivait comme pour manifester une prudente discrétion. C'était une de ses tactiques favorites, audacieuse sans doute, mais qui lui réussissait. Il savait par expérience que la femme commence le plus souvent à opposer un refus à ce genre d'invite. Elle se ressaisit ensuite. Son imagination s'échauffe. Finalement, après un travail intérieur plus ou moins long, elle est toute disposée à accepter. De Guérannes connaissait merveilleusement la psychologie de l'âme des femmes. Il escomptait ce travail intérieur de leur esprit et s'évitait les préliminaires du refus, par coquetterie de Don Juan. Quant au rendez-vous, c'est-à-dire au fait même, l'officier était *sûr* que Rosemonde y viendrait, mais il s'épargnait la peine d'insister autrement.

Machinalement, la Parisienne avait pris la carte de visite. Quand un inconnu nous donne, par erreur, une poignée de main, notre premier mouvement est d'avancer la nôtre. Ce n'est qu'en se ressaisissant qu'on retient, mais trop tard, ce geste. La jeune femme avait cédé à une impulsion analogue du cerveau, tout instinctive à son origine. Elle s'adressait intérieurement des reproches sur son manque de présence d'esprit. Avec un bon sens aigu, elle devinait les gorges chaudes que ces messieurs feraient au cercle ou au mess sur la nouvelle conquête du lieutenant. Elle devinait leurs sourires d'ironie, leur scepticisme, leur mépris profond de la femme, si discrètement voilé dans leurs relations mondaines.

— En somme, résumait-elle, me voici insultée. Le mot ne semble pas exagéré. On m'aborde cavalièrement. On me jette une adresse en passant. Suis-je donc cotée par ce coureur comme une chanteuse de café-concert, de « *beuglant* », comme ils disent ? Il ne manquait plus à ce traîneur de sabre que de me faire remettre cette carte par son ordonnance. Maintenant que je l'ai pour ainsi dire acceptée, me voilà envisagée par toute la garnison comme une cocotte à soldats. Car il parlera. Tout l'escadron y passera après lui.

Avisée, quoique énervée, elle lut le nom, et, pâle de colère subite, déchira la carte de visite en deux, en jeta les morceaux d'un geste sec.

Calmée, elle continuait sa route, de son pas habituel, hiératique et grave, sans s'apercevoir que son mari la suivait à une centaine de mètres d'intervalle. Raymond aussi se rappelait quelque course à faire. Il venait de croiser le beau lieutenant, auquel il ne prit garde. Il se rapprochait de sa femme et se disposait à l'appeler, lorsqu'il vit celle-ci jeter les fragments de la carte et tourner au coin d'une rue. Dès qu'il aperçut les deux morceaux de bristol, il s'étonna de voir en gravure une couronne de comte. Il les ramassa, les ajusta et lut :

COMTE DE GUÉRANNES DE SAINT-OLER

Lieutenant de chasseurs.

Au dessous, ces mots étaient tracés au crayon : *Ce soir, derrière le marché, à neuf heures.*

C'était simple et net. L'homme se sentit blêmir. Ce fut un instant de vertige pendant lequel ses jambes flageolèrent comme celles d'un ivrogne.

— L'amour vieillit vite, soupira-t-il. Il suffit de quatre années pour faire de cet enfant pervers, c'est-à-dire d'Erôs aux ailes bleues, un vieillard caduc dont le sang se fige et dont les traits grimacent. Naïf comme un adolescent, j'ai cru échapper à la loi commune. Pauvre toqué !.. Mais je me trompe au sujet d'Érôs : le fils de Vénus est toujours l'éternellement jeune, *seulement il change d'objet.*

Raymond revint rapidement sur ses pas, afin de ne pas se montrer à sa femme. Il voulait ainsi ne susciter aucune méfiance.

Quand Rosemonde rentra, elle le trouva pensif, rêveur, préoccupé. Sachant bien que c'était un état familier à tout artiste, quand il se trouve en mal de conception, elle n'y prit garde. Nullement hargneux, jamais brusque, le prudent mari conservait son amabilité coutumière, avec son pâle demi-sourire chaque fois qu'il se tournait vers l'adorée.

Ils dînèrent dans le jardin, sur une terrasse à balustrades florentines, d'où le regard découvrait un panorama merveilleux que baignaient les derniers reflets du couchant. Tous les soirs, ils demeuraient là de longues heures, contemplant l'éternelle variété de la nature dans un paysage dont chaque heure modifiait les tons, échancrait certains contours, découvrait certains aspects. Pour ces deux amants légitimes, c'était l'heure un peu troublée à laquelle ils sentaient plus douce l'intimité.

Huit heures trois quarts sonnèrent. Rosemonde ne se levait point, ne laissait échapper aucun signe d'agitation. Elle n'avait point, dans la journée, pressenti son mari sur la nécessité de sortir. Si elle ne manifestait pas ce désir, c'est que les avances du lieutenant avaient été repoussées. Barban s'étonnait de plaisir et tressaillait d'espérance. Maléficié par la jalousie, il luttait intérieurement contre ce démon qui lui tenaillait les flancs. Pourtant, cette carte, ne constituait-elle pas un document, une preuve de complaisance coupable ? Ses yeux se portaient fébrilement sur les aiguilles de sa montre, épiaient entre temps les jeux de physionomie de sa femme.

— Regarde-moi, Rosemonde.

Celle-ci fixa sur lui ses grands yeux clairs, couleur de violettes, si beaux, si francs, si limpides.

— Que me veux-tu ?

Raymond leva l'index en l'air. A l'horloge de l'église, dont s'estompait la fine silhouette ogivale, les neuf heures sonnaient dans le silence du crépuscule, très lentement et très rythmiquement, avec quelque chose de grave et de cérémonial.

— L'heure sonne.

— Parles-tu de la musique des sons, de la vibration du bronze ?

— Non.

Cette seconde solennelle retournait dans l'âme du mari une sorte d'appréhension poignante, tandis que l'épouse se gonflait d'orgueil satisfait. Elle songeait au fat qui arrivait là-bas, pour se morfondre. Elle se sentait vengée, par ce fait même, de l'injure de la matinée.

Barban se taisait. Il ne savait encore que penser. Il croyait que Rosemonde, par coquetterie féminine, voulait faire attendre son futur amant.

— Ne m'avais-tu pas dit dans la journée que tu devais sortir ce soir même ? demanda-t-il à son tour d'un ton qui s'efforçait de ne point trahir son émotion intime.

— Je ne t'ai rien dit de pareil, mon ami.

— Et le rendez-vous que te demande le comte de Guérannes de Saint-Oler, lieutenant de chasseurs ?

— Tiens ! Tu savais.

— Je sais.

— Eh bien ! Tu vois : je n'y vais point.

— Et pour quelle raison ?

— Un mari doit-il demander à sa femme pourquoi elle ne va pas à un rendez-vous où se prépare l'adultère...

— ... Et où s'élaborera sa honte... j'ai tort et je ne suis qu'un misérable de te parler ainsi.

— Je devine ta pensée. En me demandant pour quelle raison, tu voulais savoir si c'était par crainte du mari ou par antisympathie pour le courtisan ? Merci pour l'épouse, quelle que soit l'hypothèse.

Énervée, elle ajouta :

— Je reste auprès de toi, c'est le principal.

— Si tu me parles ainsi, je demeure avec mon doute.

— Ce doute est un outrage.

— Aussi, je le chasse de mon esprit. Puisque tu es de mon camp, et non du camp de l'ennemi, allons narguer celui-ci, car son insolence m'étouffe..., Veux-tu accepter mon bras ?... nous irons ensemble là-bas, derrière le marché.

— Y songes-tu ? pour que deux hommes, dont l'un est mon mari, se collètent en mon nom... jamais. La passion t'égare.

— Cela indique que je t'aime. Partons.

— Je ne le dois pas.

— Eh bien ! C'est le mari, celui qu'on voudrait bafouer et jouer, qui insiste dans son orgueil et dans sa fierté. Prends garde, il y va de notre bonheur dans l'avenir... Sache-le bien... Tu hésites, je n'insiste pas, j'irai seul. Au revoir.

— Seul ! Jamais !

Rosemonde ajusta vivement son grand chapeau Watteau, qui se balançait à une branche. Elle trouvait dans la voix de son mari une trop poignante insistance, mêlée à je ne sais quoi d'impératif, de catégorique et de violent. La jeune femme tremblait d'angoisse.

Ouvrant elle-même la porte, elle dit d'une voix étranglée :

— Allons-y !

L'homme buvait un âpre bonheur en voyant sa femme se cabrer d'abord, mais obéir ensuite. Bien que le front lourd d'orage, car tout n'était point fini, il sentait s'élargir d'aise sa respiration. N'avait-il pas cru un instant à un déclin d'amour ? Si elle l'accompagnait là-bas, pendue à son bras, c'est donc que l'officier ne lui importait guère, puisqu'elle ne craignait point de le mettre dans une situation ridicule. Aussi, c'était dans tout son être l'embellie après l'orage, le calme frissonnant qui suit la tourmente. Son âme, dévastée comme un paysage après une trombe soudaine. souriait de nouveau à l'azur. Peu à peu, son visage se détendait. Il ne doutait plus du présent, ni de l'avenir.

Ils arrivèrent derrière le marché. Une silhouette drapée romantiquement dans une longue pèlerine noire, dont les bords relevés lui cachaient la figure, se promenait impatiemment de long en large. Dès qu'elle aperçut et reconnut le couple, la silhouette disparut comme par enchantement, confondue avec l'ombre. Cela s'esquivait dans une noire ruelle où vacillait, pour tout éclairage, un quinquet rouge suspendu sur une corde, entre deux maisons. Sur les vitres de la lanterne se lisait, en lettres blanches, un numéro colossal de maison publique.

C'est tout ce que vit Barban, qui avait quitté brusquement le bras de sa femme anxieuse, et sondait les ténèbres de ses yeux perçants. Quiconque eût vu à ce moment leur effrayante expression de violence en eût frissonné de peur.

VII

Rassérénés, ils étaient revenus en s'enlaçant par la taille, comme étudiant et grisette. L'homme câlinait. Il se faisait petit garçon, donnait à sa femme des désignations mièvres et enfantines. Il paraissait si visiblement heureux que sa compagne, rassurée elle-même, en souriait de plaisir. Elle lui pinçait sa moustache dorée avec ses dents, la mouillait de salive, la lissait avec ses lèvres humides.

Cet homme lui en imposait. Depuis quatre ans qu'ils étaient mariés, elle avait appris à le connaître. Elle savait par expérience qu'il ne craignait rien au monde et qu'il n'eût pas hésité, en certaines circonstances, à tuer un homme, ou à se faire tuer lui-même.

Elle l'avait vu un jour se jeter du haut d'un pont pour repêcher une malheureuse excédée de la vie, une pâle ouvrière de dix-huit ans qui voulait mourir à la suite de chagrins d'amour.

Une autre fois, Rosemonde le voyait étrangler entre ses deux pouces un horrible dogue enragé qui se jetait sur elle et dont tous fuyaient l'approche. C'est miracle si son mari n'avait pas été mordu. Longtemps ce souvenir l'avait hantée comme un cauchemar.

Un matin, il sortait en redingote, donnait des explications évasives et revenait le bras en écharpe. Il s'était battu tout bêtement en duel et rentrait avec une blessure. Ce léger contre-temps ne l'empêchait guère de recommencer la semaine suivante, avec un autre adversaire. Il s'agissait d'une discussion assez futile au cours de laquelle il lui semblait reconnaître, sinon une injure, mais du moins une familiarité de mauvais ton. Très hautain, il se faisait respecter de tous, *unguibus et rostro*.

De son côté, le lieutenant de Guérannes se trouvait fort penaud de battre en retraite. Disons tout de suite que son vif amour-propre égalait son incontestable crânerie. En principe, il ne cédait le terrain que par discrétion pour la femme, à laquelle il se souciait fort peu d'attirer des ennuis conjugaux. Son insolence se tempérait, quand il y songeait, de traditions chevaleresques du meilleur aloi.

Mais l'officier se piquait au jeu. Ne voulant point croire à sa défaite, il interprétait en sa faveur l'incident de la place du marché, c'est-à-dire l'arrivée inattendue de la femme et du mari. Il se plaisait à supposer que Rosemonde était une victime du despotisme marital, une martyre de la jalousie. Il reconstituait dans son imagination la scène qu'il supposait, le jour du rendez-vous manqué. Il voyait la femme manifester le désir de sortir, donner quelque prétexte insuffisant. Le mari grommelait, imposait sa fâcheuse compagnie et tout était à recommencer.

De ce que sa carte de visite paraissait acceptée, l'officier se croyait toujours sûr du succès. Il s'obstinait à voir en Barban, en cet inconnu aux yeux sombres, l'homme des scènes quotidiennes, le tyran jaloux, borné et violent, qui ne permettait point à sa femme de lever les yeux ni de tourner la tête. Ajoutons que l'un sortait rarement sans l'autre.

Pour la première fois de sa vie, de Guérannes sentait en lui autre chose qu'un caprice. Le désir presque dédaigneux des premiers jours se développait, s'exacerbait, se transformait en passion folle. Aberré par ce genre d'obsession, qu'il ne connaissait point, il se demandait s'il n'y avait point dans l'amour d'autres éléments que la « petite convulsion » dont parle Alexandre Dumas. Il se promenait, tel un collégien amoureux, à tout propos et hors de propos autour du verdoyant pavillon, rôdait dans les environs, interrogeait en rougissant le facteur, guettait par la grille de la grande porte.

D'autres fois, le brillant cavalier, bien en selle sur un magnifique bai-brun, dévalait de la côte voisine, au risque de faire panache et de se rompre les os. Il caracolait devant le pavillon. A ce moment précis, son cheval se cabrait, encensait, piaffait. Son maître faisait valoir la grâce exquise de son beau torse, la souplesse de tout son être physique, la fermeté de ses muscles, sa volonté de beau dominateur. Il pensait qu'un regard ardent se dissimulait derrière les persiennes fermées ou les stores. Il croyait voir les rideaux frissonner sous l'étreinte d'une main nerveuse et des yeux briller en le contemplant.

Certes, Rosemonde avait surpris le manège.

— C'est grand dommage que je ne sois pas un cheval, pensait-elle. Toutes ces brillantes qualités de torse trouveraient avec moi leur emploi. Mais je ne suis qu'une femme et, en ce qui me concerne, cet homme ne semble point indispensable à mon bonheur. Décidément, je n'apprécie pas assez le plaisir de voir ce carrousel quotidien et d'apprécier les performances de la cavalerie française. Je suis insensible au prestige de la fantasia.

Près de la grille, de Guérannes flânochait à l'accoutumée. Il affectait audacieusement de tousser, en signe d'appel. C'était jouer là un jeu dangereux dont il assumait à l'avance toute la responsabilité. Un soir, il entendit comme un écho. Une toux féminine paraissait lui répondre, sorte d'entente préparatoire entre deux êtres que les exigences de la vie sociale séparent l'un de l'autre. Cette toux pouvait ne constituer qu'une simple coïncidence, mais l'on croit volontiers ce que l'on désire. Le bel officier, très optimiste, interprétait toute chose en sa faveur.

Il toussa de nouveau. Plus rien ne lui répondit.

Après une longue attente, il se disposait à s'en aller, lorsque des fenêtres du pavillon, au large ouvertes, s'exhala une voix féminine d'une rare splendeur. C'était un chant d'une musique savante, délicate, finement nuancée, avec des inflexions d'une douceur et d'une souplesse inouïes. Accompagnée par le piano, la mélodie se répandait dans le grand calme du soir, enveloppante, perfide, langoureuse.

A Sainte-Angélie, où l'on était déshérité de tout, cet art raffiné, extraordinairement parachevé, empoignait étrangement, parce qu'il se compliquait d'une sorte de nostalgie.

— Et dire que je me croyais blasé, pensait le lieutenant, ému malgré lui jusque dans les moelles. C'est une chanson de sirène, un violent appel à l'amour. Cela m'enchante bêtement, m'échauffe le cerveau, suraiguise mon imagination. Certes, cette ensorceleuse ne chante que pour moi, à titre d'encouragement et de compensation. L'éloignement m'empêche de saisir le sens de cette mélodie, mais je devine à la sensualité d'une pareille musique, à sa mélancolie même, que c'est une invite. Si je parviens à tromper la surveillance de son Othello, c'en est fini de sa vertu. Comment ferai-je bien pour la remercier de cette sérénade inattendue ?

Depuis ce jour, toutes les fois que passait Barban, son rival le toisait des pieds à la tête, d'un air souverainement ironique et méprisant. Leurs regards hostiles se croisaient comme deux lames d'épée. De la part de l'officier, c'était maladroitement éveiller les soupçons. L'autre blêmissait, tout son corps tremblait de colère; mais, par tactique, il se contenait, attendant que l'insolence prît quelque forme plus matérielle et constituât un outrage. Prévoyant la possibilité de certains événements, il désirait sans la lâcheté coutumière mettre aux yeux du monde le bon droit de son côté, quand l'heure en serait arrivée. Il flairait quelque dénouement en cour d'assises, après quelque scène tragique.

Un jour, toutefois, sa patience se lassa. Il tournait avec Rosemonde autour de la musique dominicale. Il se sentit dévisagé avec une telle insistance qu'il s'approcha de l'officier et lui demanda :

— Qu'avez-vous donc à me toiser pareillement ? Avez-vous quelque raison pour me provoquer ?

Le comte de Guérannes répondit, gouailleur :

— Votre personne me semble trop peu intéressante pour que j'y prenne garde...

Une gifle retentit soudainement sur la joue du malheureux lieutenant, devant toute la ville assemblée. Par bonheur pour l'uniforme militaire, il était vêtu d'effets civils. D'abord stupéfait, il s'avança vers son insulteur et fripa son visage d'un coup de poing. A la même seconde, les deux ennemis se trouvèrent assez rudement séparés par les camarades du premier souffleté. Ils emmenèrent celui-ci en disant :

— Nous t'en supplions... pas de corps à corps ici... Ne vous collétez pas comme des porte-faix... Ne prolonge pas le scandale... nous allons devenir la fable de la ville.

De Guérannes, écumant de rage, ne put que brandir sa carte de visite et finalement la jeter dans la direction de son ennemi. Ce dernier ne daigna pas la ramasser, mais il tira froidement la sienne et la donna à l'un des officiers.

— Voulez-vous rendre à votre camarade le service de lui remettre cette carte ?... vous comprenez très bien pourquoi je ne puis la donner moi-même... Veuillez personnellement m'excuser de vous confier cette commission nécessaire.

L'officier ne put faire autrement que d'accepter. Le *civil* et lui s'inclinèrent avec une froide courtoisie.

Alors Barban chercha des yeux sa femme. A moitié évanouie, la malheureuse se trouvait dans les bras robustes d'une sorte de géant, d'un brave campagnard qui passait près d'elle au commencement de l'algarade. Ahurie, elle comprenait à peine ce qui venait de se passer. Il fallut le lui expliquer. Le bon géant qui soutenait son corps défaillant la remit à son mari, avec la même précaution qu'on passe un colis fragile à quelqu'un.

Sous les yeux de la foule, déjà divisée en deux camps, ils quittèrent la place publique et se dirigèrent vers leur villa.

A peine rentré, Raymond Barban, imprimeur, reçut solennellement la visite préparatoire des deux témoins du comte de Guérannes de Saint-Oler, lieutenant de chasseurs à cheval.

Le soir, ce fut un défilé des plus inattendus. Les imaginations provinciales s'échauffaient, tout heureuses de trouver un combustible sur lequel elles pussent s'enflammer. Un capitaine d'infanterie, en retraite, type don Quichotte, long, grand, maigre, digne et dégingandé, vint s'offrir comme témoin. Il prétextait qu'il était seyant de faire défendre par un officier français le renom de galanterie chevaleresque de l'armée française, car on ne doutait pas à Sainte-Angélie, disait-il, qu'une femme était la cause de tout le scandale. Il s'étendit longuement sur les mœurs insolentes de messieurs les cavaliers. Raymond eut toutes les peines du monde à éconduire poliment cet encombrant visiteur. Pour avoir l'air d'utiliser sa bonne volonté, il le chargea de porter au bureau de poste un télégramme dans lequel il mandait à la hâte ses deux plus intimes amis.

Vint ensuite le percepteur, qui se présenta comme mari jaloux des prérogatives conjugales. Comme il avait fait jadis la traversée de Marseille à Alger par une affreuse tempête, il s'imaginait ne rien craindre au monde et prenait des airs bravaches, comiques à force de sincérité. « Je ne serais pas fâché, grommelait-il, de contribuer, en vous servant de second, à donner une bonne leçon à ces petits messieurs. »

Raymond balbutia des remerciements, se souciant peu de se faire seconder par des personnages ridicules, malgré l'excellence de leurs intentions.

Vint encore un commis-voyageur de passage dans le pays, qui se proposa tout en faisant l'article pour ses savons antiseptiques perfectionnés. Raymond acheta une caisse de savons (pour ne pas éloigner de lui les sympathies ambiantes), mais refusa l'aide qu'on lui proposait.

Il fit ensuite consigner sa porte aux importuns.

VIII

Dans le cerveau de Rosemonde, une sorte de vertige noyait les facultés mentales. Accoudée à sa fenêtre, la jeune femme sondait l'espace, guettant le retour de son mari et de ses deux témoins. Les minutes lui paraissaient si longues qu'il lui semblait avoir vieilli dans une journée.

Au détour du mur, elle vit soudain les trois hommes. Son mari avait la tête bandée. Alors quelque chose se chavira dans son esprit défaillant. Ses dents claquaient d'angoisse, lorsqu'elle entendit trois voix mâles bien connues chanter à son adresse, avec un ensemble parfait, ce couplet de la chanson populaire :

> Madame monte à sa tour,
> Mironton, mironton, mirontaine,
> Madame monte à sa tour...

Cette gaieté la rassura. Le pansement avait été opéré avec une telle surabondance de linge qu'elle avait cru tout d'abord à une grave blessure. Elle se précipita à la rencontre du trio de chanteurs, haletante.

— On croirait que j'ai la tête en bouillie, dit Raymond en souriant. Ce n'est rien. Il s'agit d'une assez insignifiante piqûre au-dessous de la tempe. Par exemple, si le coup avait porté plus haut, je m'en tirais avec un œil crevé. Par bonheur, la chance favorable veut bien en décider autrement.

De son côté, le comte de Guérannes se trouvait atteint au bras, de si spéciale façon qu'une contracture soudaine se déclarait dans les doigts. Ne pouvant plus momentanément serrer la garde de son épée, il demeurait à la merci de son adversaire. Dans ces conditions, pour raison majeure, les témoins arrêtaient le combat d'un commun accord. En somme, les deux combattants, malgré leur haine réciproque, malgré leur réelle crânerie, se retiraient sans dommage appréciable.

Rosemonde, encore toute frémissante d'émotion, défaisait à tort et à travers le pansement de son mari pour se rendre compte et s'assurer par elle-même du peu de gravité de la blessure. Quelques gouttelettes de sang frais perlèrent d'une plaie minuscule. Très doucement, la jeune femme appliqua ses lèvres sur la pommette saignante de Raymond et la baisa. Sa bouche en fut toute pourpre.

— Comme tes lèvres sont jolies, ce matin, lui dit-il, et comme leur pulpe est rouge. On dirait que tu as mangé des framboises. Laisse-moi baiser ton bec.

Follement, elle tendit sa bouche ensanglantée et reçut une caresse pâmée qui la fit suffoquer à demi.

— Madame, beaucoup vous désireraient comme médecin, plaisanta l'un des témoins, qui n'était autre que notre ami Osmond de Corven, un aimable garçon dont nous avons eu l'occasion de parler dans quelque livre. Cependant, continuait Osmond, vous paraissez de l'école de ceux qui dédaignent les précautions antiseptiques. Au lieu de vous embrasser comme des amoureux, il serait peut-être plus prudent de laver la plaie avec le liniment que voici.

L'autre témoin, notre vieille connaissance Joël Kermario, tout heureux de voir sa responsabilité dégagée par l'heureuse issue du combat, se laissait aller à une joie presque inconvenante. Assis devant le piano, il jouait, sur un rythme grave, avec des accompagnements de marche funèbre, la suite de la chanson de Malbrouck :

> ... Il fut porté z'en terre,
> Mironton, mironton, mirontaine,
> Il fut porté z'en terre
> Par quatre z'officiers.

En recevant le télégramme de Raymond, il avait pu s'entendre en quelques instants avec son grand camarade Osmond. Tous deux partaient par l'express, arrivaient à point à Sainte-Angélie, secondaient fort habilement leur client, le ramenaient sain et sauf, déjeunaient avec lui, repartaient à Paris dans la même journée.

Depuis cet incident, le couple évita la ville. Toutes leurs promenades s'orientèrent vers la campagne.

Barban ne revit qu'une seule fois son ennemi. Ce fut un jour où quelques affaires à liquider, quelques signatures à donner, appelaient l'imprimeur à Paris. Il allait avec une valise dans la rue de la gare.

Le lieutenant passa d'un air indifférent, sans faire semblant de remarquer son adversaire, mais, dès qu'il le vit s'éloigner dans la direction de la gare, il avisa un maréchal des logis de son escadron.

— Vous venez à point, Puvirot. Faites semblant d'aller demander un renseignement au guichet de la gare... Vous écouterez discrètement à quelle station descend l'individu que vous voyez là-bas, celui qui porte une valise. Il passe pour un espion. Soyez habile et discret.

Croyant naïvement à une mission de confiance, Puvirot, le jeune sous-officier, très fier, prit un air d'importance et s'acquitta à merveille de sa petite tâche.

— Mon lieutenant, cet homme va à Paris.

De Guérannes ne put réprimer un léger sourire d'ironie en remarquant l'expression entendue que prenait le visage de son subordonné. Il laissa dédaigneusement tomber des lèvres un merci tout sec.

— Je tiens la place, ruminait-il, ravi. Je me présenterai auprès de Rosemonde comme une sorte de libérateur. Certains indices me font croire qu'elle a l'esprit romanesque. Je me présenterai comme Persée délivrant Andromède du dragon. Il est certain que je serai bien accueilli. Mon camarade de Crussant m'a affirmé qu'il avait vu rôder cette jeune femme autour de la caserne et du côté du mess. Sans doute elle me cherchait. Paris est à six heures de chemin de fer de Sainte-Angélie. Son cornard de mari ne rentrera certes pas ce soir. *All right !*

Homme d'action et non de rêve, de Guérannes menait sa vie et ses aventures à la hussarde. Aussi léger que brave et séduisant, il songeait ni plus ni moins, avec son extraordinaire aplomb, qu'à aller sonner au petit pavillon. Il réfléchit toutefois qu'un domestique pouvait lui ouvrir et par suite le dénoncer.

— C'est bien simple, décida-t-il, il est évident qu'elle se promène tous les soirs dans cet immense jardin. Or, aujourd'hui le temps est tiède et magnifique. Il va de soi qu'elle viendra prendre l'air. Le mur du jardin s'effrite de tous les côtés : je m'en vais purement et simplement l'escalader. Cela flattera les idées romanesques qui dorment au fond de toute âme de femme. Je viendrai tout doucement la surprendre, je me jetterai à ses pieds avec des trémolos dans la voix. Je jouerai mon petit rôle mieux que dans une comédie de salon. Cela sera très Théâtre-Français. Nous aviserons ensuite.

Cet imprudent projet lui paraissait d'autant moins condamnable que le jardin présentait les proportions d'un parc. A la campagne, on se gêne assez peu pour passer sur le terrain d'autrui. Maintes fois, en manœuvres, il avait fait franchir des murs par ses soldats, afin de reconnaître le terrain. Selon lui, le domicile avait quelque chose d'intime, de restreint, de plus fermé, si je puis m'exprimer ainsi, que l'enceinte d'un parc. Par suite, il ne pensait point commettre une violation de domicile.

Quand, le soir venu, il mit son projet à exécution, il se demandait si réellement des circonstances atténuantes plaidaient en sa faveur. Le pied posé sur une borne, qui lui servait de point d'appui, il comprenait l'audace et le péril de sa tentative. Le cœur lui battait à rompre les artères. Son hésitation dura cinq longues minutes, qui lui parurent durer un siècle. La réussite lui paraissait moins certaine, malgré le prestige de son uniforme, qu'il avait conservé à dessein et dont il exploitait sans vergogne l'effet de suggestion.

Il marcha dans les feuilles sèches, se retournant à chaque instant comme s'il était suivi, tressaillant au moindre froissement des branches, au bruit même de ses pas. Jamais le jeune cavalier ne s'était senti aussi nerveux. Atteignant une allée, il se dirigea vers le pavillon.

Une silhouette féminine se tenait devant le perron, accoudée sur un balustre, pareille comme attitude et comme vêtement à une Tanagra antique. Ce costume d'intérieur, serré à la taille par une ceinture, se drapait en plis souples et en cassures douces sur les contours harmonieux de ce beau corps. Un sculpteur en eût tressailli de trouble, un peintre en eût frissonné d'émotion, un poète se fût mis à genoux.

La blancheur des reflets lunaires lui prêtait des aspects d'apparition. L'officier la regarda d'abord comme un faucon regarde sa proie. L'œil émerillonné, il s'avança soudain, comme en se précipitant.

— Rosemonde, s'écria-t-il, c'est moi.

La jeune femme, effrayée, poussa un cri de surprise et sursauta en arrière, toute pâle.

Puis, reconnaissant l'officier :

— Vous ! Vous ici ? Mais vous êtes fou ? Après tout ce qui est arrivé. Vous risquez de vous faire tuer par mon mari.

— Votre mari ? Je sais qu'il est ce soir à Paris... car je veille sur vous.

— Alors, vous m'espionnez ? Retirez-vous, je vous en prie.

— Vos lèvres disent ce que dément votre pensée.

— Mais c'est une insolence que vous me dites là... Je vous en prie, sortez !

— C'est la crainte d'être surprise qui vous fait me parler aussi durement, mais alors il faudrait avoir peur de son ombre même, puisque votre mari n'est pas là... Redoutez-vous les domestiques ? Dans ce cas, allons sous le parc même et causons à voix basse.

— Mais c'est de la persécution, je vais appeler.

— Vous ne le ferez pas... et quand même, que ne risquerais-je point pour vous ? Si j'ai sauté par dessus le mur, n'en soyez pas surprise. Je ne voulais donner l'éveil à personne. Je profite de la seule occasion favorable que je trouve. Et je suis là, pour vous dire que je vous aime, que je vous désire de toutes les forces de mon être.

— Malheureux ! Vous avez déjà endommagé mon mari d'un coup d'épée. Vous avez été blessé vous-même. Le bonheur de mon ménage a été troublé avec vos démarches et vos allures inconsidérées. Voulez-vous le désorganiser tout à fait ? Voulez-vous, cela soit dit sans phrases, empoisonner le repos de deux vies ?...

— Oh ! votre mari... Qu'importe, si vous m'aimez !

— La question est autre : je ne vous aime point.

— Comment ! Vous ne m'aimez point ?

— Je n'ai pas de raison pour vous aimer. En revanche, j'en ai deux pour vous haïr, vous qui avez voulu humilier et peut-être me tuer mon mari ; enfin, j'en ai cent pour vous trouver ridicule.

De Guérannes demeurait interloqué. Il insista.

— Ce langage me surprend. Me heurté-je à la coquetterie la plus diabolique ? Est-ce bien l'accueil sur lequel je devais compter ? Avez-vous donc un sorbet à la place du cœur ?

— Je n'ai pas un sorbet à la place que vous dites, mais cette place est déjà prise.

— Je suis arrivé trop tard.

— Même pas. Vous seriez arrivé le premier que cela n'eût rien changé à mon sentiment. Puisque vous me poussez à bout, je dois vous déclarer que je vous trouve sot, naïf et fat. Que votre uniforme en impose aux petites bécasses de province, ou aux niaises de la banlieue parisienne, je n'y vois pas d'inconvénient. Mais que vous vous en serviez pour tenter de m'éblouir, non ! Je suis trop blasée sur les couleurs, les dorures, les cuivres, les paillettes et les lampes électriques. J'ai assisté à trop de ballets et de représentations théâtrales, à trop de bals masqués, trop de réceptions officielles ou intimes, trop de spectacles à l'église ou dans la rue, enterrements ou mariages, j'ai fréquenté trop de magasins de nouveautés, trop d'ambassades étrangères, trop de costumes et de chamarrures... je vous le répète, je ne connais que l'homme lui-même indépendamment de son vêtement. Que m'importe la couleur de son pantalon si j'y retrouve du goût ? Que m'importe l'aspect de l'ensemble, si j'y retrouve de la distinction ? Je suis plus exigeante que vous ne croyez, il me faut non seulement trouver chez un homme la beauté extérieure, le prestige et même un peu de noblesse dans l'allure, mais encore il me faut trouver en lui la révélation de quelque intelligence. Si les grands mots ne vous font point peur, je veux trouver en lui une *âme* autre que la vôtre. Tant pis si vous ne goûtez point cette phraséologie. Je vous prie donc de me laisser en repos et de repartir par où vous êtes venu.

Cela fut dit d'un ton si net, si catégorique, que l'officier ne put s'y méprendre. Il balbutia, en tâchant de reprendre son ton ironique.

— La vertu de Lucrèce ou de Grisélidis ! Mes félicitations. Je me suis trompé. Il me reste à vous saluer profondément.

Rosemonde remonta par le perron et regagna sa chambre, tandis que de Guérannes s'en allait, blême de rage. Il enjamba le mur.

Un coup de feu retentit. Frappé d'une balle en plein poumon, le malheureux officier dégringola dans les branches.

IX

La saison de la chasse approchait. Raymond ignorait totalement ce genre de sport, peu conforme à ses goûts. Néanmoins, par désir de n'apporter aucune espèce de parti-pris dans l'orientation de ses habitudes, il se proposait d'essayer, pour se rendre compte. Un garde-chasse, qu'il rencontrait parfois dans ses excursions champêtres, lui conseillait un certain système de fusil. La pratique devait, affirmait cet aimable fonctionnaire, lui en faire apprécier les avantages multiples. Les braconniers savaient à quoi s'en tenir à ce sujet.

Raymond comptait mettre à profit un voyage d'affaires, nullement pressé, mais projeté depuis longtemps déjà, pour acheter une arme à feu du modèle désiré. Tout bien calculé et décidé, il se rendait à la gare et demandait un billet pour Paris, sans se douter d'ailleurs qu'un sous-officier de chasseurs recueillait ses paroles au passage.

A la gare même de Sainte-Angélie, s'étalait une discrète affiche relative au fusil ***. Entre autres renseignements, Raymond apprenait qu'un dépôt de carabines du système désiré venait d'être opéré chez un armurier de la ville voisine, c'est-à-dire du chef-lieu même du département. Dès lors, à quoi bon aller jusqu'à Paris examiner *de visu* si le fusil conseillé par le garde-chasse présentait tous les perfectionnements allégués ? Restait à envisager une autre considération, celle des affaires. Ce voyage pouvait se remettre à plusieurs jours. Mieux valait attendre la première pluie. Rentrer à Paris par cette chaleur, cela lui souriait peu. Ce n'était point indispensable. Bah ! Raymond rendait donc son premier billet de chemin de fer, s'en faisait délivrer un autre pour le chef-lieu voisin. De cette façon, il pensait rentrer à Sainte-Angélie dans la soirée, sans crier gare.

Effectivement, dès que le nouveau disciple de saint Hubert fut en possession de son fusil et des accessoires, il ne songea plus qu'au retour. Il arriverait pour la nuit.

Déjà il laissait derrière lui les dernières maisons de Sainte-Angélie, dans un fond bleuâtre de toitures et d'arbres. Il suivait la route sinueuse et se dirigeait vers son pavillon, son léger bagage à la main. La nuit était si pure, si délicatement tiède et transparente, si doucement embaumée que sa poitrine se gonflait d'aise. Il respirait longuement et se félicitait d'avoir échappé à l'air empesté de Paris, chargé d'odeurs d'asphalte, d'humanité malsaine, de crottin et d'usines Les lointains mystérieux, idéalisés par la nuit lunaire, enchantaient ses regards. Il ralentissait le pas, se trouvant heureux de vivre, se réjouissant à l'idée de retrouver, en harmonie avec cette vision de paysages lumineux, la douceur exquise de sa jeune femme.

Il se rapprochait, avec une sorte de regret nostalgique de laisser derrière lui la nuit embaumée. Enfin, il se trouva devant sa grille, tourna la clef le plus doucement qu'il put, afin de n'effrayer personne. Il entra silencieusement.

Un craquement de branchages le fit tressaillir. La nuit précédente, des cambrioleurs avaient dévalisé impunément la villa du maire. Raymond, quelque peu nerveux, écouta. Il entendit un bruit de pas, puis le halètement d'un homme qui fait un effort. Une pierre disjointe tomba du mur dégradé. Plus de doute.

Raymond, très pâle, se glissa vers la gauche du jardin, pour voir par une éclaircie dans le feuillage ce qui se passait là-bas, vers le mur. Dans l'ombre, une silhouette humaine apparaissait derrière les branches, à cheval sur la corniche.

En un clin d'œil, Raymond chargea machinalement son fusil et tira dans la direction de l'intrus. Un corps tomba lourdement.

— Pourvu que je n'aie point tué ce malheureux, murmurait-il, le cœur serré ; ce n'est peut-être qu'un chemineau affamé.

Il se précipita pour voir, se pencha et reconnut le dolman bleu du lieutenant de Guérannes.

Alors, le mari outragé poussa une sorte de sifflement ironique. Il se redressa. Un éclat de rire amer et prolongé, qui rappelait les hululements de la chouette, disjoignit ses mâchoires. Il ne regrettait plus son meurtre.

Il chargea son fusil à nouveau, sans y songer nettement, bondit vers le pavillon, remonta le perron quatre à quatre. Par bonheur, son arme se heurta à l'un des angles de la porte et tomba. Raymond ne prit pas le temps de la ramasser et sauta jusqu'à l'unique étage.

Cette fois, il croyait Rosemonde coupable. Tout l'accusait. Il s'imaginait que l'officier avait pris la fuite par le mur, parce qu'on l'avait entendu et vu rentrer, lui, Raymond Barban, le mari. Pâle comme un cadavre, il sentit passer sur sa chair des rafales de frissons glacés. Un rictus horrible plissa sa bouche. D'effrayantes convulsions raidirent ses membres. L'influx nerveux, déchaîné, dominait pour la première fois de sa vie sa froide volonté.

La bestialité originelle, étouffée par des générations d'affinement, d'édu-

-cation morale et de culture intellectuelle, reparaissait toute, avec une violence inouïe. La bête reparut chez cet homme ultra-civilisé.

Il se heurta à sa femme, épouvantée, qui ne savait ce qui arrivait, mais
devinait le terrible drame. S'étant déjà déshabillée pour se coucher, elle se
trouvait en chemise, tout effarée, toute tremblante.

Barban ne lui dit que ce mot, soufflé entre ses dents serrées par une vio-
lente contracture musculaire :

— Viens !

Tous les délires d'Othello s'agitaient dans son esprit surchauffé par la
soudaineté de sa jalousie.

Comme sa femme le regardait d'un air étonné :

— Viens ! reprit-il en la saisissant à bras le corps et en la jetant à terre
d'un geste.

— Viens donc ! reprit-il pour la troisième fois, tandis que son rire
méphistophélique se saccadait dans sa gorge.

Relevant Rosemonde d'une bourrade, il la projeta lourdement vers la
porte. La pauvre tête fragile de la femme cogna avec un bruit sourd. Le
sang jaillit de la plaie produite par le choc.

Ce fut miracle ensuite si la malheureuse ne se brisa point les os en
tombant au bas du perron, de la balustrade duquel elle fut jetée comme un
paquet de linge sale. Plus brutalement encore, Barban la releva en
l'empoignant par le bras, que son poignet meurtrissait, broyait comme un
étau, comme un instrument de torture. Il se forma sur la peau mate, aux
contours délicats, des bracelets d'un rose corail.

— Je n'ai rien fait, protestait-elle comme les enfants auxquels on donne
une correction imméritée. Je t'en supplie, laisse-moi, ne me fais pas souffrir.

Son mari la traîna jusqu'au fond du jardin. Ce fut court, comme temps,
et long comme péripéties terribles. Cela ressemblait à une terrible marche
de martyr vers le supplice, de révolté vers l'échafaud, d'innocent vers la
roue, de damné vers l'enfer.

La femme ne trouvait à balbutier que les mêmes paroles :

— Laisse-moi... je ne suis pas coupable... ne me fais plus souffrir... je
t'aime jusqu'au martyre... Laisse-moi m'expliquer... je t'en supplie, ne me
fais plus souffrir.

Puis elle ne poussa plus que des gémissements inarticulés, tandis que ses
pieds se blessaient sur les cailloux aigus. Par intervalle, des paroles
entrecoupées sortirent de sa gorge. Malgré sa souffrance, un pâle sourire se
dessinait sur ses lèvres.

— Je ne suis pas coupable.

Son mari la traîna ainsi, disais-je, jusqu'au fond du jardin. Il la poussait
devant lui sans s'occuper des orties, des ronces, des églantiers hérissés
d'épines. La fine batiste de sa chemise se déchira. Le frêle tissu, en lam-
beaux, ne cachait plus sa nudité. Des gouttelettes de sang perlaient sur toute
sa chair. La torture physique s'ajoutait à la torture de l'esprit.

L'homme s'arrêta enfin devant le corps inanimé de l'officier. D'un coup de poing sur la nuque, il abattit Rosemonde, toute nue, sur le cadavre, en vociférant.

— Regarde ton amant, mais regarde donc ! Voilà ce qu'il est devenu. Tu ne trouves pas qu'il a embelli... Mais regarde donc !

La malheureuse innocente prit à deux bras le genou de son mari. Elle essayait de sourire encore et râlait :

— Mais je n'aime que toi... c'est toi seul que j'aime... toi seul que j'ai jamais aimé...

Elle délirait presque dans son vertige. Dans son affolement, elle retrouva un mot d'autrefois, le surnom dont elle avait jadis affublé Raymond et que, souvent, elle prononçait par badinage, aux heures de tendresse.

— *Croquemiss*, suppliait-elle d'un ton navrant, laisse-moi ... tue-moi bien vite, c'est assez souffrir, c'est trop souffrir... je t'en conjure, ne me brutalise plus... tue-moi... je t'aime., oh ! *Croquemiss*, tue-moi bien vite.

Soudain. elle cessa de parler et demeura inerte. Ses sens défaillaient. Elle s'évanouit, pendant que son mari, les yeux égarés, répétait machinalement :

— Croquemiss ! Croquemiss !

A son tour, suffoqué par l'excès de l'émotion et le paroxysme de cette affreuse colère, — la seule de toute sa vie, — il se sentit étouffer. Il tomba brusquement, sans connaissance, comme foudroyé.

X

Réveillée par la détonation, guidée par les éclats de voix, Péricaude, la vieille servante, arrivait à son tour, et vêtue, Dieu sait comme. Liée à Rosemonde par une vive affection, elle l'avait nourrie de son lait, pareille à la nourrice traditionnelle des drames antiques. Elle l'avait bercée sur ses genoux en lui racontant de ces contes qui font peur et dont l'imagination maladive des enfants conserve l'empreinte indélébile.

En voyant cette jonchée de corps inanimés, Péricaude crut se trouver devant des cadavres. Elle poussa des cris aigus, des lamentations déchirantes, en joignant les mains et en exhalant des « Jésus, Marie ! » aussi pieux qu'inutiles. Puis, le sens pratique reprenant le dessus, elle examina attentivement sa maîtresse, qui reprenait peu à peu connaissance, mais pour le moment demeurait là, ensanglantée, stupide, idiotisée, se rappelant obscurément le drame qui venait de se dérouler.

La vieille nourrice lui donna les premiers soins, l'aida à relever Raymond et finalement courut chercher un médecin. Ce dernier, arrivé en toute hâte, ne put que constater le décès du jeune officier.

Attristé, il s'occupa de ses autres clients. Ayant compris d'un coup d'œil l'effrayant drame dont il devinait les péripéties, il ne desserra les dents que pour parler de choses concernant les nécessités actuelles de son devoir.

Raymond se retrouvait au lit, en proie à la fièvre, se rappelant à peine ce qui s'était passé. Sa femme semblait moins secouée par l'émotion, peut-être, parce que dans la scène récente, elle avait joué un rôle passif. Elle veillait au chevet de son mari et préparait les potions calmantes.

Malgré l'heure avancée, la nouvelle se propageait dans toute la ville avec une incroyable rapidité. Des soldats vinrent chercher sur une civière le corps de leur malheureux officier. Le juge d'instruction se présenta ensuite, accompagné d'agents de toutes sortes. Après une enquête interminable, tous ces intrus durent se retirer.

Le lendemain, chacun se retrouva sur pied, plus ou moins fripé, endolori. Une crise de larmes et de sanglots avait soulagé Barban, en produisant une détente dans son organisation physique et morale. Cela agissait plus sûrement que les médicaments et toutes les subtilités de la chimie. Pâle et un peu prostré, il put vaquer à ses occupations familières.

Il déjeuna en tête à tête avec sa femme, qui osa lui faire demander — et combien timidement — s'il fallait mettre deux couverts sur la table. Le courage lui manquait de s'attabler seul, sans pouvoir contempler la tête qui lui était si chère. Sa résolution de prendre ses repas à part mollit devant la lâcheté de l'habitude. Il se montra d'une froide politesse, comme s'il se trouvait au restaurant, en face de quelque inconnue déplaisante, *d'une Anglaise, par exemple.*

Au fond, plus follement, plus passionnément épris que jamais, malgré la blessure vive de son amour, il faisait des efforts inouïs de volonté pour ne pas se jeter aux pieds de Rosemonde, lui demander pardon de sa bestialité et protester de sa délirante adoration.

Il souhaitait ardemment de pouvoir partir dans le plus bref délai, mais il lui fallait régler son compte avec les lois et, s'il y avait lieu, avec les tribunaux, selon les conclusions favorables ou non de l'instruction judiciaire.

— Si je reste deux jours de plus, pensait-il avec une sorte de rage orgueilleuse, le sentiment de l'offense s'atténuera en moi. Je faiblirai. Je transigerai. Et dès lors, je passerai à juste titre pour le dernier des lâches et des cocus. Le sang versé m'empêche aujourd'hui d'être ridicule. Partout où on trouve l'émotion, le rire se fige sur les lèvres. Mais, dans deux jours, on me montrera au doigt. Mon rôle deviendra odieux.

Tout en ruminant des projets douloureux, il jetait à la dérobée des coups d'œil sur sa femme. Le regard de celle-ci lui faisait mal. Tout son être en était pénétré. Rosemonde portait un bandage de linge autour du front. L'homme ne pouvait s'empêcher de songer qu'il était l'auteur de la plaie. Dans son for intérieur, il s'inquiétait démesurément, craignait d'avoir mutilé pareille beauté et s'angoissait de faire souffrir physiquement l'adorée. Hypnotisé par ce pansement en forme de turban, il ne pouvait dissimuler la flamme ardente de ses yeux ni l'interrogation muette que son esprit se faisait à lui-même.

Rosemonde s'en apercevait et n'osait comprendre. Pourtant elle en tirait des augures favorables.

— Il ne veut point m'interroger, mais son inquiétude est manifeste. Donc, il m'aime toujours.

Lorsque sa femme ne fut plus en sa présence, Raymond demanda à la nourrice des détails d'une insistance inouïe sur la blessure de Rosemonde. Celle-ci entendait ses paroles de la pièce voisine. Elle en pleura d'espérance et de joie.

Le lendemain, elle reparut sans son bandage, quitté un peu prématurément. Les deux lèvres de la plaie avaient été si habilement rapprochées qu'on n'apercevait qu'une imperceptible ligne rose. On pouvait pronostiquer que la cicatrice demeurerait invisible. Barban en tressaillit de plaisir.

Le matin même il fut cité au parquet. Après de minutieux interrogatoires, les magistrats, d'accord avec l'opinion publique, rendirent en sa faveur une ordonnance de non lieu.

Immédiatement, il se fit annoncer à Rosemonde.

— Ma présence n'est plus tolérable dans ce pays, ponctua-t-il. Les passants me montrent du doigt. J'ai pris cette maison en grippe. Je vais achever mes vacances ailleurs, n'importe où. Je déciderai l'endroit à la gare même, selon la fantaisie du moment. Je pars ce soir. Ma malle est faite. Adieu.

Il n'ajouta pas une parole de plus. Sa femme, dont la gorge se serrait, ne put rien répondre. Elle demeura debout, gauche, embarrassée, le regardant d'un air navrant, tandis que lui tournait les talons.

Une voiture d'hôtel attendait devant la grille. Rosemonde s'approcha de la fenêtre, regardant à travers les rideaux. Elle se demandait ce qu'elle allait devenir, si elle irait demander un abri à sa famille, ou si après les vacances son mari se déciderait à la rappeler.

Elle ouvrit la fenêtre au large pour le voir partir. La patache, pareille en plus petit aux vieilles diligences d'autrefois, roulait déjà dans le sentier. Tout l'équipage cahotait lourdement, avec des lenteurs de corbillard, de char funèbre qui emporterait une vie, un amour, un avenir et l'espérance. Ce véhicule traînait le ventre dans la poussière, sur un cordon serpentin de route, blanc comme de la craie.

Comme tous les attelages de ce genre, cela rejoignait la gare par le plus long, en boîtant sur les pavés et les ornières. Cela trottinait cahin caha, s'arrêtait, repartait comme une fusee, ralentissait, finalement se rapetissait dans l'éloignement.

A l'église, d'une tristesse gothique, d'un charme mélancolique et pur, une cloche tintait lugubrement, comme un glas. Chaque note de l'airain s'épandait dans l'air, passait sur les campagnes et réveillait dans le cœur de la femme innocente un écho de souffrance.

Elle se penchait, au risque de tomber, pour suivre du regard la voiture, qui disparaissait au tournant d'une tranchée. A cette minute suprême, elle crut voir une tête se pencher par la portière et regarder une dernière fois le pavillon.

Rosemonde tressaillit et agita vivement son mouchoir.

Immédiatement, elle vit de son côté quelque chose de blanc s'agiter. La voiture disparut presque aussitôt, engouffrée dans la tranchée. Raymond, fou d'amour, n'avait pu s'empêcher de répondre à cet adieu. Puis il sanglota éperduement, comme un enfant.

Rosemonde ne vit plus sur la route que des moissonneurs, qui marchaient d'un pas lourd au sortir de leur rude labeur.

Puis des soldats défilèrent sous ses fenêtres, en chantant des refrains égrillards. Un troupeau de moutons passa, revenant de pâturer. Ce fut ensuite un grand vide et un grand silence.

Les yeux enténébrés, la pauvre jeune femme tomba à genoux.

XI

Demeurée seule, implacablement seule, Rosemonde laissa passer la crise aiguë de son désespoir. Ne sachant plus à quelle branche, à quel fétu de paille raccrocher son espérance à la dérive, elle se rendit à l'église. Jamais, depuis le jour de son mariage, elle n'avait pénétré dans pareil sanctuaire. Son mari lui avait fait oublier jusqu'à la foi. Peu experte en architecture, elle recherchait peu les occasions de visiter les monuments publics.

Devant l'autel finement ouvragé, dans le jour ascétique et coloré des vitraux, elle sentit son âme s'élargir. Pour la première fois de sa vie, elle comprenait le sombre crépuscule des hautes nefs, des pierres tailladées et couturées en dentelles, des chapiteaux d'une sculpture contournée et maladive. La douleur agrandit l'intelligence et l'ouvre à des compréhensions insoupçonnées. Des ferments nouveaux bouillonnaient dans les cryptes profondes de ce cerveau de femme. Un élan mystique inconnu entraînait son imagination vers des concepts nouveaux, dans un décor à la fois obscur et lumineux. Quelque chose d'impur soufflait dans ce chaos. Le magnifique christ de bois sculpté, qu'elle contemplait dans l'angle d'une chapelle, regardait étrangement. Ces yeux fixes lui rappelaient ceux de son mari, le seul amant qu'elle avait jamais désiré. Le corps de ce christ était peint couleur de chair. Les tons grisailles de la couleur, les contours un peu secs et un peu maigres, mais vigoureusement musclés, lui rappelaient un corps vivant, un corps adoré de toutes les forces de son être physique, le corps de Raymond.

Dans une sorte de ferveur religieuse, mêlée d'effroi, Rosemonde tenta de prier et ne put y parvenir. Des images obscènes prenaient des contours dans sa vision. Les mots d'amour contenus dans sa prière ne s'adressaient point à la divinité, mais à l'incarnation, à l'homme, à l'amant idéalisé dont le souvenir s'incorporait dans un des chefs-d'œuvres de l'art, dans une idole.

La malheureuse femme se sentit indigne de prier. Le silence même, plein de résonnance et d'écho, lui semblait traversé d'haleines amoureuses. Une vague odeur d'encens, réminiscences des cérémonies liturgiques du matin, s'aphrodisait dans l'air au lieu d'entraîner des anges abstraits sur ses volutes embaumées. Rosemonde sortit, inconsolée, effrayée d'elle-même, terrorisée par la peur des forces invisibles et obscures qu'elle croyait outrager par ses involontaires pensées profanes. Déçue, elle s'avoua qu'elle n'était point mûre pour la foi.

La première étoile scintillait dans le ciel encore bleu de clarté solaire. Habituellement, que lui importait pareille et banale fleur du ciel et de la poésie, dans les circonstances ordinaires de la vie ? Ce soir, elle levait les yeux vers le petit point brillant, avec un étonnement nouveau. Elle sentait sa pupille s'agrandir démesurément. Les yeux humains, songeait-elle, reflètent de semblables lueurs, de pareilles scintillations, d'analogues clignotements. L'homme, on le sait, contient en lui tout l'univers.

L'air supérieur se chargeait peu à peu de phosphorescences. Tout l'éther s'animait d'une vie étrange, faite d'énigmatiques regards, d'incompréhensibles pensées. Dans son exaltation, la pauvre inconsolée ressentait le désir intense de se sentir en rapport avec quelque constellation, comme dans les croyances du sabéisme, ou culte des astres. L'immensité de certaines conceptions de l'esprit, de la passion ou de l'imagination, pouvait seule contenir, croyait-elle, l'immensité de son amour. La souffrance seule empêche donc l'amour de s'éteindre. Elle est le souffle oxygéné qui ravive une flamme, jusqu'à la combustion complète de la substance matérielle, jusqu'aux cendres de la mort physique, la mort du corps. Le bien naît du mal comme la force végétale naît du fumier.

Dans ses aspirations nouvelles vers des consolations obscures, Rosemonde cherchait dans l'infini le clou d'or qui accrocherait son espérance, qui fixerait son âme sur un point fixe, comme un lambeau en loques sur une patère. Elle comprenait que l'astronomie ait pu servir de base à plusieurs systèmes religieux, celui des Chaldéens et des Égyptiens. Elle songea ensuite à l'implacable indifférence de la nature, à la doctrine découragée de Mme Ackermann.

— Je contemple les étoiles, dit Rosemonde, mais elles ne me contemplent pas. Les passions humaines ne les intéressent point. Il n'existe point de lien mystérieux entre elles et les individus terriens. A quoi bon lever les yeux vers le ciel ? Je ferai mieux de regarder autour de moi, d'agir ou de réagir, au lieu de me fourvoyer dans des rêveries nébuleuses, vides comme des bulles de savon, creuses comme des amandes pourries. Je puis maudire le firmament, il ne m'entendra pas. Divinité aveugle et sourde, inconscience du néant, gravitation de forces qui s'ignorent, Dieu stupide et vain, je crache vers ton ciel.

Pourtant, des étoiles filèrent dans la nuit bleuâtre, en courbes lumineuses, en sillons dorés. Selon la superstition commune, entraînée par l'habitude, elle *forma des souhaits*.

Chemin faisant, elle s'aperçut qu'elle tournait le dos au pavillon et s'égarait dans d'inextricables sentiers où s'enchevêtraient des ronces.

Un rire saccadé agita convulsivement sa gorge.

— Je suis toute proche du délire ou de la folie, murmura-t-elle, je ne sais plus ce que je vois ni où je vais. Ma pensée divague. Ma pensée flotte je ne sais où, tournoie comme une feuille morte, et danse avec les elfes de la nuit. Ma pensée tournoie et s'élève perpendiculairement vers la lune. Ce paysage si beau me devient odieux. Je voudrais en être loin. A mon tour, je quitterai ce pays. Ce délicieux pavillon, ce coquet ermitage, cette gracieuse « villa des marjolaines », ce coin de verdure et de solitude ne me rappelle que des souvenirs de deuil et d'angoisse. Combien suis-je loin de l'idylle rêvée ! Je vais fuir sans tarder ces lieux inhospitaliers au bonheur.

Ainsi se désagrégeait son être comme un paysage récemment dévasté par la tempête.

XII

— Que les hideurs de l'enfer, si elles existent, emportent les femmes dont la légèreté ne craint point de déchaîner dans les âmes de pareils ravages ! Que Dieu bénisse les Lucrèce, les Barberine et les Grisélidis, car il a leurs cœurs comme sanctuaire ! La lèpre moderne et endémique de l'adultère, propagée par le roman contemporain, infecte si bien les mœurs actuelles que mon mari lui-même n'a pu trouver d'autre hypothèse, un soir d'équivoque. Il n'y a plus d'autres miasmes à respirer que ceux du scepticisme et du doute. Le mal se dissimule sous des fleurs comme un scorpion sous des roses. Et moi, la calomniée, je veux désormais demeurer seule, fière et digne, me fixer je ne sais où, errer, fuir vers l'inconnu comme la pensée tourmentée du Juif errant.

Pour revivre l'adorable souvenir du passé, dont chaque détail s'incrustait dans sa mémoire comme les pierres d'une mosaïque, Rosemonde songea à retourner dans la solitude de Belle-Ile-en-Mer, et à prendre pension à l'hôtel même où elle avait jadis connu son fiancé. Elle prévint Péricaude, et prit toutes les dispositions de rigueur. Quelques jours se passèrent en préparatifs et en tergiversations toutes féminines.

Quand elle se retrouva, déshabituée, dans le vieil hôtel, tout lui parut changé et pour ainsi dire rapetissé. Ce n'étaient plus les mêmes propriétaires. Dans le mobilier quelque chose s'était modernisé. Son cœur se serra. Rien ne lui était plus familier.

Elle redemanda sa chambre de jadis, où rien d'ailleurs n'avait été changé. Elle y fit monter son piano, qui la suivait en voyage.

Ouvrant la fenêtre, elle se recueillit devant le ciel éclaboussé de couleurs.

Devant cet horizon perpétuellement tourmenté, pareil à son âme agitée, elle sentait monter en elle son innocence comme les volutes tièdes de parfums d'Asie.

— S'il était là, songeait-elle, je suis certaine que je le persuaderais, des arguments naissent tout formés, dans ma pensée. Je sens dans mon esprit des levains d'éloquence et d'ensorcellement. Je sens que, tout de suite, ma personne exhale une sorte de charme irradiant. Il n'y résisterait pas, se laisserait envelopper de toute ma séduction, et vaincu, tomberait à genoux devant moi.

Elle referma sa fenêtre et se mit au piano. Des notes frêles et tendres naquirent sous la pression rythmique de ses doigts. Ces notes se succédèrent sur un air indiciblement triste. L'éternelle source d'harmonie, le désespoir, chantait sa complainte douce, la lamentation de la désaimée... Elle traduisit ensuite les fureurs de la tempête, suivies peu à peu de l'accalmie.

Soudain, elle fit un bond de panthère, apparemment prise d'un accès de folie... Dans la pièce voisine, un violon jouait en mesure avec le piano, *comme autrefois.*

— Raymond ! Raymond ! cria-t-elle.

Elle faillit tomber roide, évanouie, tandis que sa porte, forcée par une poussée vigoureuse, s'ouvrait au large et laissait pénétrer son mari. Ce dernier, affolé lui-même, couvrait les mains de Rosemonde de baisers, effleurait de ses lèvres la petite cicatrice du front et murmurait sourdement :

— Je t'aime encore. Je t'aime toujours. Je t'aime malgré tout. Une force irrésistible m'a poussé vers l'endroit où nous nous sommes compris pour la première fois. Je ne voulais plus désormais vivre qu'avec ton souvenir.

— Tu me dis ce que je voulais te dire moi-même. Je ne suis venue ici que parce que ce décor me rappelait notre bonheur passé. C'est donc bien toi. Je ne suis pas le jouet de la folie ou de l'hallucination, comme je le croyais il n'y a qu'une seconde. O bien aimé, pourquoi faut-il que le doute obsède ton esprit ?

— Nous ne parlerons jamais de notre séjour à Sainte-Angélie. C'est un chapitre à rayer de notre vie. Reprenons la vie commune, si tu veux, et si quelque arrière-pensée vient à empoisonner notre vie, nous la repousserons de toutes les forces de notre être. Tu oublieras ma brutalité. De mon côté, j'oublierai jusqu'à mon doute même. Les derniers remous de la tempête s'effaceront peu à peu. Tout mal se cicatrise à la longue. Il se fera dans nos deux âmes comme un grand calme.

XIII

Les sensations humaines sont irrevivables, à moins de se reproduire sous d'autres aspects et dans d'autres décors. C'est ce que comprit Raymond en demandant à sa femme de quitter Belle-Ile, où ils avaient épuisé toutes les impressions de son magnifique décor. C'était le *déjà vu,* le *réchauffé,* le *ressassé,* l'*épuisé.* Ils voyageraient comme deux jeunes mariés, de plage en plage, de ville en ville.

A la vérité, il restait dans l'âme du mari l'arrière-goût de fiel de celui qui a été trompé, car rien ne lui avait prouvé l'innocence de sa femme. Il cherchait à s'étourdir par la vue de choses nouvelles, tout en conservant près de soi l'objet de son adoration.

Rosemonde s'apercevait de ses arrières-pensées, car ses caresses manifestaient quelque chose de retenu et de contraint, comme d'ailleurs toutes ses paroles. Le doute agissait dans son esprit comme un germe morbide dans un organisme, comme un macule de pourriture dans un fruit de pulpe riche et savoureuse, comme un miasme délétère dans le sang. C'était une sorte de mésestime, une sorte de mépris sceptique et profond, qui se trahissaient à son insu. Dans ces conditions, la vie à deux devenait un supplice lent, une phtisie de deux âmes, une longue agonie morale, une gêne pareille à celle de l'oreille qui entend à perpétuité une musique de sons mêlés de discordances et de notes fausses.

Quand une horloge mal réparée marche mal, il suffit d'un rien pour remettre tout l'organisme en place, d'avancer ou de reculer un rouage, par exemple. Rosemonde se demandait si quelque événement heureux ne viendrait pas rétablir l'équilibre, l'harmonie impeccable de leur existence, comme par le passé.

Nous avons dit que les deux époux réconciliés voyageaient de ville en ville comme deux errants inquiets, s'arrêtant au gré du caprice et de la fantaisie. A cette époque, le ciel demeurait si constamment tiède et bleu qu'ils se souciaient peu de rentrer à Paris.

Un soir, ils se promenaient ensemble, à l'accoutumée, dans un paysage dont les retenait la troublante originalité : une petite Suisse, inconnue des touristes, dans un coin de la Normandie.

Le soleil se couchait. C'étaient des teintes sombres de sang coagulé, dans les cendres pastellisées de l'infini lointain.

Dans le ciel, des ombres légères passaient comme des stryges. Une chauve-souris effleura Rosemonde d'un coup d'aile, comme d'un coup d'éventail.

Ils ne soufflaient mot ni l'un ni l'autre. A cause de leur silence même, les voix de la nature devenaient plus distinctes. On entendait des froissements de feuillage, des bruissements d'insectes, des tintements sourds dont leur échappait la cause. Le vent affaibli, en s'insinuant dans les fins cheveux de la femme, les agitait d'un petit tremblement, exquis et délicat.

Les feuilles, remuées dans les branches, se balançaient en susurrant, comme si d'invisibles lutins s'y reposaient par intervalles. Des arbres, à la tige longue et flexible, s'inclinaient et se redressaient doucement, comme pour voir passer le couple.

Une indicible mélancolie d'automne planait dans l'air. Des tristesses pénétraient tout leur être.

Dans les fonds boisés montait une buée légère, trouble comme une pensée. Des vapeurs rousses stagnaient au-dessus des arbres. Le vert du feuillage se fondait dans une demi-teinte gris-bleutée. Un jasement d'eaux invisibles commentait le chant monotone et perlé de minuscules cascades.

Subitement, Rosemonde trébucha sur une pierre déposée au milieu de la route. Elle tomba sur un genou. Son mari l'aida à se relever. Très simplement, il lui offrit le bras. Elle crut s'apercevoir que ce bras tremblait. Pour quelle cause ?

Elle n'osait interroger. Elle n'osait regarder Raymond qu'à la dérobée. Cet homme l'avait toujours quelque peu intimidée, et malgré sa brutalité criminelle d'un jour d'exception, elle sentait qu'elle l'adorait plus follement que jamais. Elle l'adorait, parce qu'elle se sentait dominée par lui, parce que l'orgueil et la fierté lui en imposaient.

Son désir de femme frêle était de voir cette force aux pieds de sa faiblesse. Quelle volupté de dominer un dominateur ! Elle y arriverait par la toute-puissance d'un sourire et d'une caresse, par le dynamisme formidable de l'amour.

Ils approchèrent des étangs, où se reflétait étrangement le ciel métallique. Ensemble, ils regardèrent le fond insondable d'une nappe d'eau, où tremblotaient des paysages de rêve dans un frisson roux et vert.

Des cors lointains jouaient, je ne sais où. Leurs sons mélancoliques provenaient-ils de lèvres humaines ? Trouve-t-on une pareille somme d'harmonie douloureuse dans l'âme des piqueurs et autres brutes ? Quoi qu'il en soit, en dépit de l'origine de cette douce complainte, il faut en retenir la splendeur des impressions. L'ineffable chante, pleure et sanglote dans les airs, dans le mystère des fonds touffus, dans l'inconnu, dans le divin.

Raymond s'était assis dans l'herbe, les yeux noyés de rêve. Il cherchait l'énigme de la vie et de la beauté.

Rosemonde s'avança doucement vers l'étang, dont l'hypnotisaient les reflets d'aigue-marine. Elle s'avança tout au bord d'une espèce de gouffre, car le fond de l'étang, en pente douce d'un côté, s'escarpait brusquement de l'autre, en face d'un talus raviné.

Avec des attitudes de Tanagra antique, pareille à une création délicate d'Osbert, le peintre des crépuscules profonds, elle s'accoudait à un arbre haut et droit comme une colonne de temple. Hiératique, idéalisée par ses attitudes, par la douceur éteinte de la lumière agonisante, elle contemplait l'abîme.

La lune jaillissait d'un nuage. L'eau, incroyablement transparente, laissait apercevoir un fond de plantes aquatiques, longues et souples. Ces algues se déliaient dans l'onde fluide, avec des balancements pareils à ceux des tentacules de pieuvres. Le mot de Shakespeare, rappelé par Musset : *perfide comme l'onde*, trouvait dans l'apparence de ce marais sa plus intense expression. Des bouquets de roseaux saluaient le vent. Des mosaïques vertes de nénuphars et de nymphéas cachaient sous leur céramique des bêtes immondes, dont on devinait la présence silencieuse.

Malgré son effroi, Rosemonde contemplait toujours... et c'était une traînée d'argent sur des pierres précieuses ; c'étaient des puretés cristallines sur un foyer de miasmes et de fièvres. Dans l'effrayant mystère du jeu de l'ombre et des reflets, dans cette valse lente des demi-teintes et des reflets de métaux, on retrouvait l'attirance de l'inconnu, le sourire ensorcelé de la mort.

Quelque chose s'angélisait dans l'esprit de la jeune femme, un mélange d'amour exaspéré par la souffrance, de fatalisme devant l'injustice du sort, de résignation obscure devant une force obscure.

Le vent s'élevait peu à peu, tristement gémissant. Les vers luisants semblaient des êtres diaboliques dont se peuplent les nuits et les imaginations malades. Les roseaux de l'étang se hérissaient, s'agitaient comme des sabres brandis par d'invisibles mains. Des complaintes informes faisaient chanter les âmes rudimentaires de la nature.

Rosemonde se demandait si la tempête n'allait pas succéder au grand calme du soir, comme dans la vie, comme dans une âme. Dès lors, pourquoi la beauté de la nature, pourquoi l'eurythmie, pourquoi les harmonies de la création, si elles sont bouleversées par des forces stupides et brutales ? Pourquoi le bonheur d'un instant, s'il s'effondre devant la surgie d'une enfantine fatalité, s'il est déterminé dans son essence par l'accomplissement ou le non accomplissement d'un fait divers ? Ne valait-il pas mieux en finir tout de suite, avec ce monde absurde et si puérilement conçu ? Ophélie ! Ophélie ! Folle sublime ! Que tes fleurs soient jetées sur les cercueils où sont enfermées notre espérance et notre foi.

Un râle d'angoisse sortit de la gorge de Rosemonde, elle pencha son corps en avant, fascinée par les reflets diamantés de l'eau.

Une main la retint par l'épaule.

Ce fut un contact à la fois ferme et doux. La jeune femme se sentit entraînée en arrière. En face d'elle, ce n'était plus l'étang, mais le visage interrogateur de son mari.

Celui-ci lut dans les yeux bleus d'outremer et teintés de violet de sa femme le drame intime de son esprit. Son cœur s'en gonflait de joie. Jamais, âme humaine n'avait transparu si clairement dans leurs doubles regards. Dans celui de Rosemonde, si clair, si pur, si doux, l'innocence de celle-ci apparaissait si évidente, si éclatante, que Raymond eût été aveugle de ne point la voir. Il se rappelait l'inexplicable sourire de protestation, stéréotypé sur les lèvres de sa femme, au moment précis où il la brutalisait et la jetait toute nue dans les épines. Ce n'était pas là un sourire d'infernal mensonge, mais la conscience de sa non culpabilité. A quoi bon demander la réalité des faits, comme un tribunal ou un juge d'instruction, quand on a la certitude morale que le fait incriminé ne s'est pas accompli ?

— Que voulais-tu donc faire ? demanda Raymond.

— Je ne sais pas moi-même.

— Je crois être venu à temps.

— Je ne saurais dire. Mes idées viennent de s'envoler. Il me semble sortir d'un étourdissement, d'un vertige. Tout à l'heure, je n'aurais point craint de mourir. Tout de suite, je tremble comme une enfant qu'on vient d'arracher à un péril. Je me sens tout heureuse de me trouver vivante, et sur terre. Je ne suis pas courageuse.

— Comme ton regard était beau, il y a une seconde, au moment précis où, en te retournant, tu m'as reconnu !

— Ecoute-moi. Je sens que l'heure est venue de parler, c'est-à-dire que tu voudras m'entendre. Car j'ai lu dans tes yeux tout à l'heure. Tu ne me crois plus coupable. L'autre jour, tu m'as violentée. Mes cicatrices sont à peine fermées. Sans daigner prendre garde à mes protestations, tu as failli me tuer. Eh bien ! Même à ce moment-là, je n'ai jamais ressenti pour toi que l'amour le plus ardent, le plus exclusif, le plus exalté. Ce soir-là, je t'ai trouvé beau, tant le sentiment de l'outrage transfigurait ta physionomie. Je te trouvais beau, parce que l'amour blessé seul te faisait agir ainsi. Je n'ai pas souffert dans mon corps, mais seulement dans mon sentiment, dans cet amour même que je te porte. Je me sentais adorée, j'étais heureuse d'être frappée. Je n'ai eu qu'une seule crainte, celle que tu me prennes en exécration. Je ne t'ai jamais trompé, tu le reconnais maintenant. Cela se lit sur ta physionomie. L'histoire de ce malheureux officier est celle d'un fanfaron vaniteux et sot qui a payé trop chèrement sa maladresse. Il a cru qu'il suffisait de se présenter et de se montrer pour que je tombasse éprise de lui, en lui manifestant ma reconnaissance d'avoir été élue parmi tant de femmes. Il s'est trompé sur mon compte. A défaut de preuves matérielles qu'il n'est pas entré de mon gré dans le pavillon, je n'ai pour moi que la sincérité de mes accents, leur véhémence, la force de mon regard, le tremblement de mes mains. Toutes les puissances de mon être se conjurent pour exhaler la vérité et te la faire entendre...

— Ne dis pas une syllabe de plus, Rosemonde, je te crois, je suis sûr. C'est à moi à te demander pardon. Je le fais un genou en terre, en te baisant les mains. Je te supplie d'oublier. Moi aussi, j'ai passé par toutes les tortures. L'exacerbation de l'amour est ma seule excuse, et cet amour, je le dépose humblement à tes pieds.

Rosemonde, se penchant, baisota son mari au front, le releva d'un geste vif et, se jetant dans ses bras, lui offrit les lèvres.

— *La tempête est passée.*

Mais il la repoussa soudain.

— Oh ! Ne t'étonne pas, ce n'est pas ton baiser que je repousse, ô mon adorée... mais regarde...

A leurs pieds, au bord de l'eau transparente, gisait un cadavre de noyée, doucement frôlé par les remous caresseurs de l'onde. De minuscules vagues le couvraient et le découvraient tour à tour comme les plis tremblants d'un suaire. Sa face blafarde et verte riait. Son ventre se gonflait et se ballonnait sous les gaz engendrés par la décomposition.

— C'est donc ce que j'allais devenir, s'écria éperdument Rosemonde, toute tressaillante et cachant son front sur le sein de son mari... oh ! Je ne veux pas le regarder, sa laideur me fait mal... est-ce là mon spectre ?

Raymond contemplait gravement le cadavre. Des réminiscences baudelairiennes lui revenaient à l'esprit. Il se rappelait cette poésie étrange que le poète a intitulée : *Une Charogne* :

> Les formes s'effaçaient et n'étaient plus qu'un rêve,
> Une ébauche lente à venir
> Sur la toile oubliée, et que l'artiste achève
> Seulement par le souvenir.

— Cette créature humaine a peut-être été belle, répondit-il tristement, d'un ton méditatif. Tout finit par là, même l'amour. Crois-tu donc que la pureté des lignes de ton corps soit éternelle ? Le poète l'a dit avant moi :

> Oui ! telle vous serez, ô la reine des grâces,
> Après les derniers sacrements,
> Quand vous irez, sous l'herbe et les floraisons grasses,
> Moisir parmi les ossements.
>
> Alors, ô ma beauté ! dites à la vermine
> Qui vous mangera de baisers
> Que j'ai gardé la forme et l'essence divine
> De mes amours décomposés.

Le marbre lui-même se laisse entamer par les lichens ou par je ne sais les ferments invisibles de matière se piquent de moisi... Les sculptures antiques sont rongées par la lèpre du temps... au bout d'une mystérieuse parole. Eh bien! Parlons... que tes chairs se flétriront et se déformeront, pendant que tu... rendue à vie par la maternité. Quand nous ne nous aimerons plus... il nous restera comme consolation quelque chose que je... aimerons toujours. Quand l'un de nous deux connaîtra la mort, car le Destin est implacable, nos enfants rappelleront... qu'il y aime. Nous créerons des âmes nouvelles sur lesquelles se... des lois, le surplus débordant de notre affectivité. Jusqu'à présent nous comportions ensemble comme amant et maîtresse, soyons... mari et femme.

Rosemonde demeura grave et silencieuse, mais approbatrice. Une génération nouvelle, dédaignée jusqu'à présent, germait... sous l'influence de telles paroles. Un frisson nouveau, inconnu encore, fit tressaillir ses flancs.

Ils revinrent par les bois. Le ciel était si limpide... l'image de la mort s'effaçait de leur esprit... dans le grand calme du soir.

...faisant, ce furent entre eux de tremblantes... fiançailles.

FIN

Saint-Amand (Cher). — Imp. PIVOTEAU et FILS